愛しさに気づかぬうちに

川口俊和

サンマーク出版

プロローグ

とある街の、とある喫茶店の
とある座席には不思議な都市伝説があった
その席に座ると、望んだ通りの時間に戻れるという

ただし、そこにはめんどくさい……
非常にめんどくさいルールがあった

一、過去に戻っても、この喫茶店を訪れたことのない者には会うことはできない
二、過去に戻って、どんな努力をしても、現実は変わらない
三、過去に戻れる席には先客がいる
　その席に座れるのは、その先客が席を立った時だけ
四、過去に戻っても、席を立って移動することはできない
五、過去に戻れるのは、コーヒーをカップに注いでから、
　そのコーヒーが冷めてしまうまでの間だけ

めんどくさいルールはこれだけではない

それにもかかわらず、今日も都市伝説の噂《うわさ》を聞いた客がこの喫茶店を訪れる

喫茶店の名は、フニクリフニクラ

あなたなら、これだけのルールを聞かされて
それでも過去に戻りたいと思いますか？

この物語は、そんな不思議な喫茶店で起こった、心温まる四つの奇跡

第一話「お母さんと呼べなかった娘の話」
第二話「彼女からの返事を待つ男の話」
第三話「自分の未来を知りたい女の話」
第四話「亡くなった父親に会いに行く中学生の話」

あの日に戻れたら、あなたは誰に会いに行きますか？

『愛しさに気づかぬうちに』人物相関図

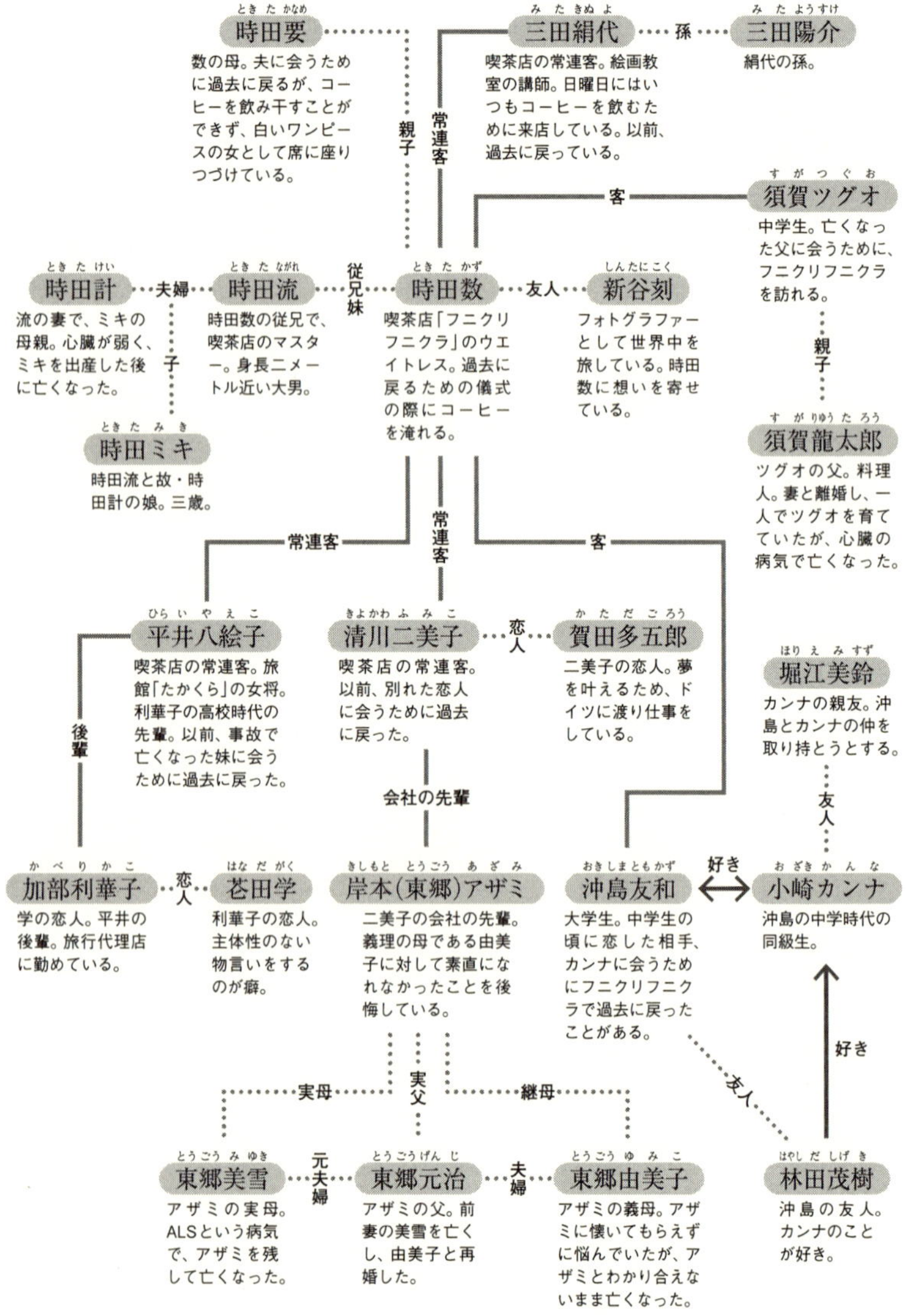

愛しさに気づかぬうちに　もくじ

ブックデザイン　轡田昭彦＋坪井朋子
カバーイラスト　マツモトヨーコ
校閲　鷗来堂
協力　皆藤考史
キックオフチーム　新井俊晴／清水未歩／黒川精一
編集　池田るり子（サンマーク出版）

第一話

お母さんと呼べなかった娘の話

一九九九年　十月

「離して！」

鹿児島の天文館アーケードに少女の声が響いた。

少女の名前は東郷《とうごう》アザミ。夜の天文館アーケードは無数のネオンが点灯し、通り全体が色とりどりの光に包まれている。通りには多くの居酒屋が並び、楽しげな笑い声が聞こえてくる。

アザミはトレーナーにジャンパーを羽織っただけの軽装で、衝動的に家を飛び出して、街をさまよっていた。

「待って！」

人混みの中、アザミの腕を義母の由美子《ゆみこ》が摑《つか》んだ。

由美子の表情は疲れ切っていた。突然いなくなったアザミを捜しつづけて、三日三晩、一睡もしていなかったからだ。目の下には深い隈《くま》が刻まれている。

アザミは摑まれた腕を、体ごと振って強引に離した。手に持っていたリュックが近くを歩いていた男に当たる。男はアザミを一瞥《いちべつ》しただけで、すぐに人混みの中に紛れてしまった。

アザミは人混みの中に逃げ込むように、由美子から距離をとる。

「アザミちゃん、待って！　待ってちょうだい！」

由美子はやっとの思いで見つけたアザミを見失わないように、人の波をかき分けて追いかけた。

「……」

リュック一つで家を飛び出したアザミは、三日間、鹿児島の繁華街をさまよっていた。家のある宮崎から鹿児島までは、高速バスを使っても片道三千円ほどかかる。中学生のアザミの持てるお金などたかが知れている。まともな食事も摂《と》れていなかったのか、顔色はひどく悪かった。十月上旬となれば、夜の気温はぐっと下がる。雨に濡《ぬ》れるだけでも体調を崩しかねない。

この三日間、アザミがどこをさまよい、どのように過ごしていたのかを想像すると、由美子の心は握りつぶされるように痛んだ。

「アザミちゃん！」

「ついてこないで！」

「待って！　お願いだから！」

行方がわからなくなっても、アザミの父親、元治《げんじ》は、世間体を気にして捜索願を出すことを拒んだ。「そのうち帰ってくる」の一点張りで、娘を捜そうともしなかった。由美子はアザミの友達からアザミが天文館アーケードに向かったという情報を得てアザミを捜し回り、やっと見つけることができたのだった。

「アザミちゃん！」

由美子の手が、再びアザミの腕を摑む。

「しつこい！　離してよ！」

怒りに任せて振り回したアザミの手が由美子を突き飛ばす。由美子はバランスを崩し、尻餅をついた。

「もう、ほっといて！」

由美子は、アザミが走って逃げ出すのではないかと、すぐに立ち上がる。

「放っておけるわけないでしょ？　なんでそんなこと言うの？」

由美子は悲しそうな目でアザミを見る。

（私はあなたのことをこんなに心配して捜し回っていたのに……）

由美子の目はそう訴えている。

アザミは、答えるのも嫌だと言わんばかりに、うんざりした表情で目を伏せる。由美子は臀《でん》部《ぶ》についた汚れを払いながら、恐る恐るアザミに近づいた。

「お願いだから、帰ってきて。お父さんだって心配してるのよ？」

「嘘《うそ》だ。本当は、いなくなってせいせいしてるに決まってる」

アザミがつぶやくように言った。

「お父さんだけじゃない。あんただってそう思ってるんでしょ？　私さえいなければって！　血もつながってないのに無理してお母さんぶらないで！」

（いなくなってせいせいしてる？　誰が？　私が？）

由美子はアザミの父親と結婚してから、一度だってそんなことを考えたことはなかった。むしろ、一日でも早く「お母さん」と呼んでもらうために努力してきたつもりだった。

（私の努力はなんだったの？）

由美子は呆然《ぼうぜん》とアザミを見つめ返した。

三日間、不眠不休で捜していた疲労と、報われなかった努力への徒労感。父親と娘の間に挟まれ、元々は赤の他人であった自分がなぜこんなにも苦しまなければならないのかという疑問。それが一気に混ざり合った。

由美子の全身から力が抜けていく。

頭の片隅から、もう一人の自分の声が聞こえる。

（私も、この子のことを自分の子だと思い込もうとして無理していたのかもしれない。しょせんは、血のつながらない他人の子）

由美子はゆっくりと目を閉じた。訳もなく、涙がこぼれる。

（もう、がんばれないかもしれない）

由美子の肩からショルダーバッグが地面に落ちた。

アザミはバッグを一瞥したが、拾おうともせず、うなだれる由美子に向かって、

「私、もう、あの家には戻らないから……」

と言い残してその場を去った。

夜の天文館アーケード。

アザミは、無表情に行き交う人々の中に呑《の》み込まれていった。

二〇一九年　一月

「当時、私は十四歳でした」

アザミは遠くを見るような目でつぶやいた。

ここは、喫茶フニクリフニクラ。この喫茶店には過去に戻れる席があるという噂《うわさ》があり、年に数人、過去に戻らせてほしいと言って訪れる客がいる。アザミもその一人だった。

アザミの話を聞いているのは、清川《きよかわ》二美子《ふみこ》、三田絹代《みたきぬよ》、そして、時田数《ときたかず》の三人である。

二美子は医療系機器を製造する会社のシステムエンジニアで、アザミの後輩である。アザミは結婚を機に退職して専業主婦になっていた。

アザミは両手で顔を覆い、

「私は自分が同じ境遇になって、初めて、母を深く傷つけていたんだと気づいたんです」

と、独り言のようにつぶやいた。

同じ境遇とは、自分が由美子と同じ立場になったという意味である。アザミの結婚相手には連れ子がいたのだ。

「あなたの娘さんも、反発しているの？」

カウンター席でアザミの言葉に静かに耳を傾けていた絹代が優しく尋ねた。

絹代は店主の時田流《ながれ》の淹《い》れるコーヒーが好きで、日曜日のこの時間には決まってコーヒーを飲むために来店する。

アザミは、絹代の問いに静かに首を横に振って、

「娘は、私のことを最初からお母さんと呼んでくれてて……」

と、そこまで答えて声を詰まらせた。

向かいの席に座る二美子とカウンター席の絹代は、何も言わず、アザミの次の言葉を静かに待った。

「すみません」

アザミは、泣くまいと思っていたのに思わず泣いてしまったことを謝って、話を続けた。

「どうして私も娘のように母に対して優しくなれなかったんだろう、どうして私はあんなに反発して、母のことを『お母さん』と呼んであげられなかったのかと思うようになっていた頃、父から十数年ぶりに連絡があり、母が亡くなったと……」

アザミは再び声を詰まらせた。

「いつか、謝れる日が来ると思っていたのに……」

アザミは後悔していた。幼かったとはいえ、義母に冷たくあたってしまったこと、そして「お母さん」と呼んであげられなかったことを。

「私はひどい娘です……」

アザミは再び両手で顔を覆い、肩を揺らした。

店内にアザミの嗚咽《おえつ》と、カチコチと柱時計が時を刻む音だけが静かに響き渡る。

カランコロン

カウベルが鳴ったが、アザミが泣いていることを気遣ってか、数は「いらっしゃいませ」とは言わず、入り口に視線だけを向けた。

姿を見せたのは絹代の孫の陽介《ようすけ》だった。

一月。外はよほど寒いのだろう、陽介の頬《ほお》は冷えて真っ赤である。モコモコしたダウンジャケットにニット帽を被《かぶ》りマフラーまで巻いているというのに、膝小僧丸出しの半ズボンをはいている。

「くしゅん」

陽介はくしゃみをして、入り口付近に佇《たたず》んだままズズッと洟《はな》をすすった。

「あら、もう、そんな時間？」

陽介の出現で絹代は壁にかかっている三つの柱時計に目を向けた。そのうちの真ん中の柱時計は、間もなく午後四時を示そうとしている。陽介は迎えの車を待たせて、絹代を呼びにきたのだ。

絹代はアザミを一瞥すると、

（彼女、大丈夫？）

と、二美子に目で訴えた。

二美子は、

（あとは大丈夫です。私がいますので）

と、ゆっくりとした瞬《まばた》きで返した。

絹代は、

(うん)

と頷《うなず》き、差し出された陽介の手を取って、カウンター席から降り立つと、

「あ、そうだ、数ちゃん」

と、カウンターの中の数に向かって、何かを思い出したかのように声をかけた。

数はカトラリーを磨いていた。この喫茶店のカトラリーには銀製品が使われている。銀製品は、手入れを怠るとすぐに黒く変色する。そのため、手入れには時間と労力がかかる。一般的な喫茶店では、その手間を省くために、ステンレス製のカトラリーを使用することが多い。だが、来客の少ないこの店では、手間を省く必要はない。数の時間の大半は、カトラリーを磨くことに費やされていた。

手を止めて顔をあげた数に、絹代は、

「例の話、考えてくれた?」

と問いかけた。

「……」

絹代の問いに数は無言で、珍しく困ったような表情を見せた。二美子も、いつも冷静で感情

を表に出さない数の表情が気になったのか、

「なんの話ですか?」

と首を突っ込んできた。

「先生の絵画教室のお手伝いを頼まれていて」

数の言う先生とは、絹代のことだ。数は子供の頃から絹代の絵画教室で絵を習っていた。数に美術大学に行くように勧めたのも絹代である。

普段、他人と距離をとり、あまり関わりを持とうとしない数も、絹代にだけは特別な感情を抱いている。そんな二人を日頃から間近で見ている二美子は、その関係を、

「親子のようですね」

と表現したことがある。言われた数は否定も肯定もしなかったが、たった一言、

「ありがとうございます」

と答えた。

そんな絹代が、自分の絵画教室を数に手伝ってほしいと言っている。

「私もいい年だし、いつ、何があるかわからないでしょ?　だから……」

絹代はここ数年体調を崩すことが多く、喫茶店近くの総合病院に入退院をくり返している。

「お願い」

絹代は数に向かって頭を下げた。それでも数は表情を曇らせたまま、黙り込んでいる。

「迷ってるんですか?」

絹代の気持ちを二美子が代弁して質問した。こんなストレートな聞き方は絹代にはできない。

「私には荷が重いというか……」

数は相手が誰であっても、できないことは「できない」と率直に答える。だが、相手が絹代だからなのか「断るのは申し訳ない」という感情がその顔に滲《にじ》み出ていた。

普段、数は誰かに何かを頼まれても顔色一つ変えずに断ることがある。それだけではない。例えば、死んだ友人を助けるために過去に戻りたいとやってきた客に対して、

「過去には戻れます。でも、ご友人を助けることはできません」

と、希望を断ち切るようなことを伝えるのにも躊躇《ちゅうちょ》することはない。そういう場面を二美子は実際に何度も見てきた。ゆえに、そんな数の戸惑った表情を見た二美子は、

(昔、何があったのかは知らないけど、やはり、数さんにとって絹代さんは特別な人なんだ)

と改めて思った。

「教えることなんて何もないのよ、みんな絵を描くのが好きで集まってる子たちなのはよく知ってるでしょ?」

絹代は数を困らせようとしているわけではない。本気で、絵画教室を任せられるのは数だけ

だと思っている。だから、困惑の表情を見せる数に、

「数ちゃんはいるだけでいいのよ」

と付け加えた。もちろんそれは嘘ではなく、絹代の本心である。

「確かに」

傍《そば》で二人のやりとりを聞いていた二美子が、すかさず合いの手を入れた。二美子に絵画教室のことはわからない。だが、

（数さんなら、その場にいるだけで生徒さんたちにいい緊張感を与えるような気がする）

と思っている。

「ね？　お願い」

絹代は小さく手を合わせて、ペコリと頭を下げた。

数はしばらく困惑したように黙り込んでいたが、ようやく、仕方がないという表情で、

「わかりました」

と、小さな声で答えた。

「よかった」

絹代の表情がパッと明るくなる。思わず二美子も、

「よかったですね！」

と、喜びの声をあげた。

数も、絹代と二美子が喜んでいる姿を見て、表情をゆるめた。

絹代は陽介に手を引かれて、支払いのためにレジの前に立った。絹代は財布からコーヒー代の三八〇円を取り出すと、差し出された釣り銭トレイにジャラリと置いた。

数はガチャガチャとレジを打ち、

「ちょうど、いただきます」

と、釣り銭トレイからコーヒー代を取り上げて、ドロワーへと収めた。

「ごちそうさま」

絹代はそう言い残して、陽介とともに喫茶店を後にした。

カランコロン

絹代がいなくなると、店内は静寂に包まれた。この喫茶店にはＢＧＭが流れていない。聞こえてくるのは柱時計の秒針がカチコチと時を刻む音だけ。

（さて、どうしようか？）

二美子はこの後の言葉の切り出し方に頭を悩ませていた。幸い、絹代と数のやりとりの間に、泣いていたアザミも落ち着きを取り戻している。

（こんなことなら、アザミ先輩の話を聞く前に、ルールのことをきちんと説明しておけばよかった）

二美子は、小さなため息をついた。

この店でお茶でもしようと二美子を誘ったのはアザミだった。結婚退職したアザミとは連絡は取り合っていたが、会うのは久しぶりである。

アザミが指定してきたのがこの店であることから、アザミが過去に戻りたいと思っていることは、ある程度予想ができていた。二美子は呑気《のんき》に、

（誰に会いに行くんだろ？）

と、興味津々でいた。

だが、話を聞いていくうちに、

（アザミ先輩はこの喫茶店のルールを、もしかしたら、ちゃんと理解していないかもしれない）

という懸念が生まれた。

話の流れから考えれば、アザミが会いに行きたいと思っているのは、亡くなった義母であることは間違いない。

（……だとすれば、問題がある。ここまできて、その事実を伝えれば、先輩はひどくショック

を受けるに違いない）

二美子は、このまま時間が止まってくれればいいのにと、祈るように天井を仰いだ。だが、そんな二美子の願いは叶《かな》うはずもなかった。

「キヨ」

アザミは二美子のことを「キヨ」と呼ぶ。二美子の苗字《みようじ》「清川」の「清」から付けた呼び名である。

「……は、はい？」

二美子は「呼びました？」とでも言うように、とぼけたふうに語尾を上げて応えた。聞こえなかったわけではない。この後、アザミが何を言い出すのかわかっていて、そのアザミの望みに対して、うまく説明できる言葉を思い付いていなかったからだ。

二美子が振り返ると、アザミは、

「キヨが五郎《ごろう》くんに会うために過去に戻ったのって、この喫茶店だったよね？」

と、尋ねた。

二美子は四年前に、元同僚の五郎に会いに過去に戻ったことがある。アザミはそのことを言っているのだ。

「あ、えっと、あ、確か、そうだったかな？」

二美子は誤魔化そうとして、しどろもどろな口調になった。あまりにも不自然すぎて、自分でも、

（この話題に触れたくないのがバレてしまったかも？）

と、内心ヒヤリとした。

アザミはアザミで、二美子の反応を否定的な態度だと受け止めて、

（もしかして反対される？「今さら、会ってどうするんですか？」とかって……）

と、不安になりながら、

「実は、私も母に会うために過去に戻りたいと思っているんだけど……どう思う？」

と切り出した。そして、恐る恐る、ゆっくりと視線を上げ、二美子の顔を覗《のぞ》き込んだ。

アザミには、

（この喫茶店のことを思い出して、衝動的に、過去に戻って母に会いに行きたいとここまで来たけど、実際、母に会って何をしたいのかはまだ明確に決まってない。さらに言えば、本当に過去に戻れるかどうかも怪しいと思っている）

という迷いもあった。だから、実際に過去に戻ったことのある二美子に客観的な意見を聞いたのだ。

そんなアザミの表情から、二美子は、

（私に意見を求めるということは、まだ、何がなんでも過去に戻りたいと思っているわけではない。もしかしたら、過去に戻っても無駄であることを伝えても、そんなにショックを受けないかもしれない）

という考えに至った。

二美子は立ち上がり、アザミの正面に立った。

「一つだけ、聞いてもいいですか？」

不意に目の前に立った二美子に、アザミは気圧《けお》されて目を丸くした。

「な、何？」

「アザミさんのお義母《かあ》さんは、この喫茶店に来たことはありますか？」

「え？」

アザミは、二美子の質問に困惑した。その意図がわからなかったからだ。

「ないけど……」

「ですよね」

二美子は予想通りの答えが返ってきたことに納得し、大きく頷いてみせた。

「何？」

二美子は、小さく息を吐くと、

「あのですね、落ち着いて聞いてくださいね」

と、前置きをして話しはじめた。

「過去には戻れます。戻れるんですけど、残念ですが、先輩はお義母さんに会うことはできません」

「え？」

アザミは二美子の言葉が咄嗟《とっさ》には理解できず、大きく目を見開いた。

「どういうこと？」

「ルールがあるんです」

「ルール？」

「……はい」

二美子は「ルール？」と聞き返したアザミのイントネーションに、わずかな苛立《いらだ》ちを感じとった。そこにはもちろん、ルールの存在によって「待った」をかけられたことに対する苛立ちも含まれていたが、それだけではない。その前に二美子の放った「先輩はお義母さんに会うことはできません」という発言を受け入れたくないという気持ちがあった。それは、二美子にも理解できた。

（もう少し、言葉を選ぶべきだった。たとえば「会うことができないかもしれません」と言って、順を追って説明することだってできたのに……）

二美子は自分の配慮が足りなかったせいで、「亡くなった義母に会いたい」というアザミの想《おも》いに寄り添えなかったことを痛感し、情けなくなった。

二美子は改めて背筋を伸ばすと、アザミの目をまっすぐ見て、

「すみません。きっと、私の説明が足りていなかったんだと思います」

と、頭を下げた。

二美子の謝罪を受けて、アザミも、当てつけのように不満を露《あら》わにしてしまったことを後悔した。

こういった感情のすれ違いは、どんな関係であっても起こりうる。たとえば、親しい友達、同僚、親子、兄弟。近しい距離の夫婦や恋人でも避けることはできない。争いごとの根本的な原因は、大なり小なり、感情のもつれであることが多い。なぜなら、感情は目に見えないからだ。そして、人間は目に見えないものを想像する癖がある。相手の感情を、言葉や仕草から勝手に想像する。そして、どんな想像をするかは、自分の心の状態の善《よ》し悪《あ》しにも影響を受ける。

だが、アザミは二美子のちょっとした気遣いを受けて、今、自分が焦っていることに気づいた。

（キヨが何か大事なことを伝えようとしてくれているのに、母に会うことができないという言葉尻だけ捉えて、動揺してしまった）

アザミはゆっくり深呼吸をして気持ちを落ち着かせると、四年前の記憶を探るように視線を泳がせた。

（確か、メールが来て、アメリカに行ってしまった五郎くんに会っただの、喫茶店がどうだのと書いてあったはず……だけど）

アザミは当時、二美子の言う「過去に戻った」という言葉を信じていなかったことを思い出した。さらに、記憶を探ってみる。

（……言われてみれば、ルールがどうのこうのって書いてあったような？）

よくよく思い出してみても、アザミは二美子の話の細かいところまでは覚えていなかった。覚えているのは、不思議な喫茶店に行って過去に戻ったということだけ。だから、この喫茶店に来れば、過去に戻れると思い込んでいた。

アザミは、自分にも非があったことを理解し、

「ううん、キヨは悪くないよ。私こそ、ごめん。冷静じゃなかった。話を続けてくれる？」

と、表情を緩めて答えた。

二美子は、アザミの口調や表情から苛立ちが消えていることを確認してホッとしながら、

「あのですね、よく聞いてくださいね」

と、切り出した。

「実は、この喫茶店には過去に戻るためのいくつかのルールがあって、その中の一つに、『この喫茶店に来たことがない人には会うことはできない』というものがあるんです」

二美子は、できるだけ感情を抑えて冷静に、事実だけを端的に伝えた。

「え？」

アザミは一瞬驚いたが、二美子の真剣な表情から、それが冗談ではないことをすぐに悟った。

「……本当ですか？」

アザミはカウンターの中に佇む数に尋ねた。二美子を疑っているわけではなかったが、二美子はあくまでこの喫茶店の客である。念のために従業員に確認したかったのだ。アザミの反応は当然だと思った二美子も、視線を数に向け、返事を待った。

「はい。本当です」

数は躊躇なく答えた。

「そうですか……」

アザミは、自分がそのルールを知らずにここに来たことを後悔するように、数秒うつむいて、小さく息を吐いた。同時に恥ずかしいという感情もわいてきたが、それを悟られないように顔をあげ、

「それなら、私が母に会いに行くことは？」

と、二美子と数を交互に見ながら尋ねた。

二美子は、数が目を伏せているのを見て、自分が答えるべきなのだと判断した。

「できません。正確に言うと、過去には戻れます。でも、お義母さんに会いに行くことはできない、です」

「なんで？」

「過去に戻っても、この喫茶店から出ることができないからです」

正確には、「過去に戻っても、席を立って移動することはできない」というルールなのだが、二美子はアザミにとって重要だと思われることを要約して、端的に答えた。

「まさか、それも？」

「ルールです」

二美子は答えてから、アザミの反応を見るのが怖くて目を伏せた。

（私だったら「そんな重要なルールを、なぜ、今になって言うの？」と、声を荒らげてしまうかもしれない）

この喫茶店で会いたいと言われた時に、ちゃんと説明しておけばよかったという後悔もあった。

だが、二美子の思いに反して、アザミはひどく冷静に、

「そっか。……それは、仕方ないわね」

と、大きなため息をついた。

過去に戻って義母に会いたいと聞いていなければ、これほど申し訳ない気持ちにはならなかったかもしれない。二美子は泣きそうな顔で頭を下げた。

「すみませんでした」

「なんで、キヨが謝るの？」

「変に期待させてしまったので……」

「それは違う」

アザミは二美子の言葉を遮った。二美子はその言葉に、顔をあげてアザミを見た。

「キヨから話を聞いた時、申し訳ないけど、私は過去に戻れるなんて信じてなかった。ルールのことも、キヨはちゃんと説明してくれてたんだと思う。でも私は話半分に聞いてたから、ルールがそんなに大事なことだって理解してなかった。勝手に過去に戻れば母に会えると思ってた私が悪い」

アザミはそこまで早口で言うと、一息ついて、

「だから、キヨは悪くない」

と、優しくほほえんでみせた。

そして視線を落とし、

「今さらだよね。こんなことなら、もっと、早く母と仲直りしておくんだった」

と、弱々しくつぶやいた。

母親に会えるかもしれないという期待が大きかったがゆえに、その声は力なく、落胆を隠しきれていなかった。二美子もかける言葉を失い、天井でゆっくりと回っている木製のシーリングファンを見つめた。

カランコロン

静まり返った店内にカウベルの音が響いた。

数は「いらっしゃいませ」と言わずにチラリと柱時計を見ただけだった。二美子はそんな数を見て、落ち込むアザミに気を遣ったのかと思った。だが、できれば来客をきっかけにこの重苦しい空気を変えてほしいとも思い、

「数さん、お客さんじゃないですか？」

と告げた。

口に出してみて二美子は、

（何言ってんだ、私）

と後悔した。当然、数は言われなくても気づいている。

だが数は、逆らわずに入り口に視線を向けて、

「いらっしゃいませ」

と声をかけた。

「ただいま」

入ってきたのは時田流だった。今年三歳になる、娘のミキを抱えている。身長二メートル近い流の胸元にしがみついているミキは、流がうっかり手を離しても落ちたことはない。ミキはこの状態の自分を「ひっつき虫」と呼び、楽しんでいた。

「なんだ、流さんか……」

入ってきたのが客だと思っていた二美子は、ため息まじりにつぶやいた。

「いらっしゃいませ」

流がアザミに声をかける。

「二美子さんのお友達っスか？」

「あ、うん。会社の先輩」

「そうなんスね、どうも」

流は改めて小さく頭を下げた。

「岸本《きしもと》です」

アザミが席から立ち上がり、頭を下げる。挨拶をしながら、アザミは、

（こんな大きな人初めて見た）

と、目を丸くした。

「お構いなく。どうぞ、ゆっくりしていってください」

流はアザミに声をかけると、ミキをカウンター席に座らせてキッチンに姿を消した。

「ミキちゃん、こんにちは」

二美子はカウンター席に座るミキに声をかけた。だが、ミキはまっすぐ前を向いたまま、二美子を無視している。

「ミキちゃん？」

「ブルブルブル」

二美子がミキの反応を不審がっていると、キッチンからコック服に着替えた流が、携帯電話のバイブレーションコールを真似《まね》ながら出てきた。

「？」

二美子は大きな瞳をパチクリさせながら流を見た。流は申し訳なさそうに糸のように細い目

でウインクをしてみせると、

「ブルブルブル、おい、二美子さんから電話だぞ？　ブルブルブル」

と、ミキにおもちゃの携帯電話を手渡した。

（携帯電話？）

二美子は流とミキのやりとりに首を傾《かし》げながら、ミキのアクションを待った。

ミキは通話ボタンを押す動作をして、

「はい、もしもし？」

と、おもちゃの携帯電話を耳に当てて話しはじめた。

二美子は、ミキの背後で、

（すいません。こいつの遊びに付き合ってやってください）

と手を合わせる流を見て、すべてを理解した。

二美子はすぐさま自分のスマートフォンをショルダーバッグから取り出すと耳に当てて、

「もしもし」

と返した。

「どなたですか？」

「二美子です」

「どちらの二美子ですか？」

「えーと」

二美子はミキの言う「どちら」が苗字のことか、それとも住んでいるところのことかわからず、当てずっぽうで、

「清川の、二美子です」

と探るように答えた。

「あー、清川の二美子さんですね？　お久しぶりです」

「お久しぶりです」

二美子は会話が続いたことで嬉《うれ》しくなって、流に向かってＯＫサインを出した。流はそれを見て苦笑いをする。

「お元気ですか？」

ミキが続ける。

「元気です、ミキちゃんは元気ですか？」

「私のことは気にしないでください」

「ぶっ！」

ミキのとんちんかんな返答に、二美子は思わず笑ってしまった。

「おい、二美子さんが元気ですかって聞いてんだから、元気ですって答えろよ！」

流も耐えきれずに言う。それもまたおかしくて、二美子は腹を抱えて笑った。側《はた》から見ていたアザミもこらえきれずに笑い出した。

「それでは、ご機嫌よう、ピ……」

そう言うと、ミキは一方的に通話を切ってしまった。

「あはは」

電話を切られたにもかかわらず、笑いが止まらない二美子。

ミキは、

「清川の二美子は元気だってさ」

と、すまし顔で言った。

「呼び捨てやめろ！　二美子さん、い！　〝さん、い〟を付けろ！」

「さん、い」

「二美子さん！」

「二美子さん、い」

一連のミキの言動に流は呆《あき》れて大きなため息をつき、

「すみません」

と、二美子に頭を下げた。

「いやいや、大丈夫です。かわいいじゃないですか。さすがミキちゃん、すごいですよ」

流は理解できない様子だったが、二美子はミキのことを「すごい、すごい」と何度もほめた。

さっきまであれほど重苦しい空気が流れていたのに、ミキの登場で一気にその場が明るくなったからだ。

(私たちはミキちゃんに助けてもらった)

二美子は本気でそう思った。

「あー、また、誰か電話くれないかな?」

「今日はもうダメだ」

流がキッチンの入り口にもたれながらつぶやいた。

「なんで?」

「その電話で話せるのは一日に一人ってルールだったろ?」

「ルールだったっけ?」

ミキは小首を傾げた。

二美子はそんなミキを見て、思わず、

「やだ、かわいい」

と、つぶやいた。

流はというと、

（どんどん、あいつに似てくる）

と、ため息をつきながら、

「はい。終わり」

と、手を出した。ミキの持っているおもちゃの携帯電話を返せと言うのだ。

あいつとは、流の妻であり、ミキの母親である時田計《ときたけい》のことだ。計はミキを生んですぐに亡くなっている。その計も自由奔放、天真爛漫《らんまん》で、大きな瞳をクリクリさせてよく笑う女性だった。流は口下手で人付き合いが得意ではないが、計は所作のすべてが愛らしく、誰からも親しまれた。その計に、ミキはどんどん似てきている。

流はその事実を憂えているわけではない。むしろ喜ばしいと思っている。だが、誰に教えられたわけでもないのに、どんどん妻に似てくる娘の成長に驚き、そして、妻以上に自由奔放、天真爛漫なミキに日々振り回されているのだ。計は大人だったので、流が疲れている時は、自分のペースに流を巻き込むことはなかった。だが、ミキは子供だ。常に流を巻き込みつづけている。どんなにおいしい食べ物でも、三食すべてが同じで、それが何日も続けばうんざりすることもある。

（ミキのペースに巻き込まれずに適度に付き合うのがベストだ）

流はそう考えていた。

二美子はミキが駄々をこねるのではないかと思って様子を窺《うかが》っていたが、ミキは、

「ルールじゃ、仕方がない」

と、素直に応じた。

（すごい！　ミキちゃんもルールには逆らえないことを、こんなに幼いのに理解してる！）

二美子はそんなことに感心しながら、ミキが流におもちゃの携帯電話を返しているのを見て、

「あ！」

と、すっとんきょうな声をあげた。

「なに？」

「なんすか？」

アザミと流が驚いて、同時に二美子に声をかけた。

「数さん、これ、もしかしていけるんじゃないですか？」

二美子は爛々と光る瞳を数に向けた。流もアザミも、二美子が何を思いついたのかまったく見当がつかないとばかりに、首を傾げている。

ただ、数だけは二美子の意図を汲《く》み取り、

「はい、可能です」

と答えた。

「ですよね？」

二美子はカウンターを飛び越えてしまいそうな勢いで、大きな声で念を押した。数は二美子とは真逆の態度で、静かに、

「はい」

と返した。

「なんの話スか？」

「先輩！」

二美子は流の問いかけには答えず、アザミの向かいの席に腰を下ろした。

「可能です！」

「何？　なんの話？」

「話ならできると思います！」

「え？」

「過去に戻っても、お義母さんに会うことはできませんが、話すことはできると思います！」

「え？　ほんとに？」

「電話です」

「デンワ?」

アザミは二美子が言った「電話」の意味が理解できないというような顔で首をひねった。

「過去に戻って電話で話せばいいんです!」

妙案を思いついたことで、二美子の瞳はキラキラと輝いている。

「……なるほど」

だが、二美子の妙案を聞いてもアザミの表情は冴《さ》えなかった。電話で話をするということがイメージできなかったわけではない。おもちゃの携帯電話をヒントに、過去に戻って義母に電話をかければいいと考えた二美子には心から感心した。過去に戻っても会えないという事実に比べれば、話せるだけでも喜ぶべきなのかもしれない。

だが、

(せっかくなら、会って謝りたかった)

という思いが燻《くすぶ》っている。

二美子もアザミの表情を見て、すぐさまその気持ちを悟ったのか、

「なんか、すみません。やっぱり電話じゃ意味ないですよね?」

と、勝手に興奮してしまったことを恥じて、頭を下げた。

「ごめん、ごめん。そういう意味じゃないのよ」

アザミは慌てて手を振った。

アザミが、義母と電話で話すことに今ひとつ乗り気ではないのは、会って謝りたいということだけが原因ではなかった。

「電話って、ほら、顔が見えないでしょ？　だから……」

「だから？」

「怖いのよ」

「怖い？」

「会えば、顔が見えるでしょ？　だから、私に対して母がどう思ってるのか、何も言わなくてもわかる気がするの。何年も連絡しなかったんだから怒ってるだろうし、今さら何しに来たのって思ってるかもしれない。でも、それって伝わるでしょ？　どれだけ母を苦しめていたかも、顔を見ればわかると思うの……」

アザミは自分の手元を見つめながら、間を取った。店内はシンと静まり返っている。天井で木製のシーリングファンがゆっくりと回っているばかりで、まるで時間が止まってしまったかのように、誰も身動き一つしない。動いているのはアザミの指先だけ。二美子は呼吸すら忘れてアザミの次の言葉を待った。

「私は母に責められて当然のことをしたと思ってる。私は母を何年も苦しめた。ひどい娘だった。だから、私は母の辛《つら》かった気持ちを、ちゃんと知る必要がある。責められる必要がある」

「でも……」

二美子は、

（先輩は十分に苦しんできたと思うし、先輩のお義母さんも、先輩を責めようなんて思ってないと思います！）

と言おうとしたが、

（アメリカに行ってしまった五郎の本心を、もし、本人ではなく他の誰かから伝えられていたら、私は信じることができただろうか？）

という思いが頭をよぎり、言いかけた言葉を呑み込んだ。

（私はきっとその言葉を信じることはできない。今、私の言葉は先輩にとって他人の言葉なのだ。私の言葉は、私の推測であって慰めの言葉でしかない。だから、先輩はお義母さんの言葉を直接聞く必要がある。うん。絶対、聞くべきだと思う！　そうでなければ、先輩は一生涯、お義母さんの本当の気持ちを知ることなく、過去を引きずって生きていくことになる！）

二美子は、ぐいと身を乗り出し、

「でも、先輩のお義母さんが怒っているかどうかは、直接聞いてみないとわからないと思います！」

と、力強く言い放った。

（お節介だと思われてもいい）

二美子は、目を丸くしているアザミに向かって、もう一度、

「戻るべきです！　先輩はお義母さんの気持ちを聞いてくるべきです。怖いのはわかります。お義母さんの本当の気持ちを聞けば、もしかしたら、先輩はショックを受けるかもしれません。でも、それでもいいじゃないですか？　この先、お義母さんの気持ちを確かめることができず、悶々《もんもん》として生きていくぐらいなら、ちゃんと聞いて、スッキリする方が絶対にいいと思います！」

と一気に捲し立てた。二美子の瞳は真剣だった。だが、アザミはなぜか、

「プッ」

と吹き出してしまった。二美子のことをバカにして笑ったわけではない。あまりに的確に自分の心の内を言い当てられて、思わず笑ってしまったのだ。

「私、おかしなこと言いました？」

二美子はアザミの反応に戸惑うように目をパチクリと瞬かせた。

「ごめん、ごめん。キヨの言う通りよ」

「え？」

「結局、私は母の本当の気持ちを知るのが怖いだけなのかもしれない。過去に戻って会いたいって言ったけど、この喫茶店に来たことのない人には会えないって言われて、内心ホッとした。会いに行こうとしている自分を演じることで、母にひどいことをしてしまったっていう罪悪感から少しでも逃げようとしてた。過去に戻れるなんて、本気で信じていなかった」

二美子はアザミの言葉を聞き、

「先輩、嘘じゃないです！　この喫茶店は本当に過去に戻れるんです！」

と、カウンターの中にいる流と数を見ながら訴えた。

「わかってる。キヨが嘘をついてるなんて思ってない。これは私の心の問題。私が臆病で、あれこれ難癖をつけて戻らない理由を作っていただけ」

「先輩……」

「情けない。私よりキヨの方が、私の人生を真剣に考えてるなんてね。本気で謝りたいなら電話でもなんでもいい。母の本当の気持ちを知りたいなら、絶対戻るべきよね？」

アザミはそう言って、二美子の返事を待った。

（行くべきです）

二美子は、一瞬、出かけた言葉を呑み込んで、

「それは、先輩が決めることです」

と答えた。

アザミは、二美子の言葉を聞いて、自分の気持ちと向き合うように間をとって、

「確かに」

と、笑顔で答えた。

「あ、でも、一つだけ問題が……」

アザミが、「行く」と心を決めて数秒も経《た》たぬうちに、二美子が苦々しく顔を歪《ゆが》めた。

「問題？　なに？」

「過去に戻ったら、まず、お店の人にお店の電話を借りてください」

二美子はそう言って、カウンターの中の数と流を見た。

「特に理由を言う必要はありません。時間がもったいないので」

「もったいない？」

「過去に戻れるのは、カップにコーヒーを注いでから、そのコーヒーが冷め切るまでの間だけなんです」

「えっ!?　それもルールなの？」

「そうです！　だから、過去に戻ったら一秒たりとも無駄にしてはいけません！　この二人な

ら、理由なんか言わなくても貸してくれますので」

「わ、わかった」

「あと、いいですか？　これから大事なことを言いますので、よく聞いてください」

二美子は身を乗り出して、声を潜めた。

「電話を受け取ったら、すぐにお義母さんにかけてください。悩んでいる時間はありません。私の経験から、コーヒーが冷め切るまでのタイムリミットは八分、長くて十分です」

「え？」

アザミは思わず声を出して驚いた。

「そんなに短いの？」

「短いです」

アザミは嘘ではないと主張する二美子の瞳を見つめ返しながら、

「わかった」

と小さく答えた。

（いざ、電話を目の前にしたら、躊躇してしまうのではないか？）

そんなアザミの思いを吹き飛ばすように、二美子が、

「だから、過去に戻ったらすぐに電話を借りて、迷う前に電話をかけてください！」

と、怖い顔で睨《にら》みながら念を押した。

「わ、わかったわよ」

アザミは二美子の顔から目を逸らしながら答えた。

「そして、本題はここからです」

「え？　まだあるの？」

「あります」

「なに？　なんなの？」

「もし、先輩が何の迷いもなく電話をかけたとしても……」

「としても？」

「かけた相手、つまり、先輩のお義母さんが家にいるとは限りません」

「あ……」

二美子の言う通り、電話をかけても、義母が家にいなければ意味がない。だが、実家を出てから一度も連絡を取っていないアザミは、義母の携帯電話の番号を知らなかった。

「なので、過去に戻るなら、お義母さんが確実に電話に出られそうな夜、なんなら夜中とかでもいいかもしれません」

「なるほど」

アザミは二美子の的確な助言に感心しながらも、過去に戻って義母と話をすることのハードルの高さに困惑していた。

（たとえ母が電話に出たとしても、まともに話を聞いてもらえるだろうか？　まして、たった十分で、何をどう伝えればいいの？　たとえ謝れたとしても、そんなの私の自己満足じゃない？　母の気持ちはどうなるのかしら？）

アザミの心は不安と迷いで絶え間なく揺れていた。


アザミは、過去の出来事に思いを馳《は》せた。

鹿児島の天文館アーケードでの出来事の後、中学生だったアザミは、別の街をさまよっているところを補導され、家に連れ戻された。

家に戻っても、由美子との関係が修復されることはなく、アザミは由美子を無視しつづけた。学校から戻るとそのまま自分の部屋に閉じこもり、食事もそこで摂るようになった。由美子に話しかけられても一切答えず、必要なことは筆談ですませる徹底ぶりだった。

ある時、父親の再婚を知る担任教師から、

「新しいお義母さんとは、うまくいってるの？」

と聞かれた時に、

「私、あの人のこと、お母さんだなんて思ってませんから」

と、吐き捨てるように言ったこともある。

アザミに無視されつづけても、由美子は献身的に母親の役目を果たしていた。それでもアザミの態度は、就職が決まり、家を出るまで変わることはなかった。

それから、月日は流れた。

アザミは、結婚を機に、由美子と同じように血のつながらない子供を育てる立場になって初めて、

（あの頃のお母さんは、生き地獄だったに違いない。機会があれば、ちゃんと謝りたい。許してもらえないかもしれないけど、謝っておきたい）

と後悔するようになった。

だが、謝りたいと思ってはいても、

（きっと、お父さんとお母さんだって、新しい子供を授かって、私のことなんて忘れて暮らしているに違いない。だとしたら、今さら顔を出しても「何しに来たの？」と冷たく言われるのがオチだ）

と、なかなか連絡する気になれなかった。

由美子が亡くなったことを知ったのは、この店を訪れる二か月ほど前のことである。

父親からの電話で、

「せめて、葬儀には出てほしい」

と告げられた。

火葬場の煙突から立ち上る煙を眺めながら、アザミは考えていた。

(結局、謝れなかった)

不思議と涙は出なかった。

アザミは、どこかで、義母との関係の修復をあきらめている自分に気づいていた。

(仕方ない。過去を変えることなんてできないのだから、どうすることもできない。私はひどい娘だった。ただ、それだけだ……)

葬儀が終わって実家に戻る頃には、すでに陽《ひ》が沈みかけていた。玄関から続く廊下を、アザミはゆっくりと歩きはじめた。十数年ぶりの実家。

(あ……)

一歩ごとに木の床が軋《きし》んで、小さな音を響かせる。その音が家全体の静けさを強調していた。

仏間は廊下の先にあった。

（父に挨拶をしたら、すぐに帰ろう）

アザミは、子供の頃の記憶をたどりながら、軋む場所を避け、仏間に向かった。すぐに、線香の香りが漂ってきた。

アザミは仏間の前に来ると、襖《ふすま》も開けずに、

「お父さん」

と、小さな声で呼びかけた。

「ん？」

と、弱々しい声が返ってきた。襖越しではあったが、父が仏壇に向かっているのがわかった。

「私、これで、帰るから……」

「……そっか」

「一人で、大丈夫？」

アザミはそう尋ねた。尋ねておきながら、

（帰らないでくれと言われても、困るけど……）

と考えていることに気づき、気持ちのこもらない言葉を言っている自分にうんざりした。

「大丈夫だ」

「……うん」

父の返事を聞いても、アザミはしばし、襖の前から動けなかった。心のどこかに、本当にこのまま帰ってしまっていいのかという迷いがあった。すると、

「母さんは、ずっと子供を授かろうとはしなかったよ」

と、独り言のような父親の声が聞こえた。

「え?」

アザミは、聞き間違えたのかと思い、

「何? 今、なんて言ったの?」

と聞き返した。

「子供はお前だけだからって……」

アザミは、思わず襖を開け放った。

「嘘でしょ?」

父は黙ったまま、ゆっくりと立ち上がると、静かに廊下に出て、二階へと続く階段を上りはじめた。アザミは、その時になって初めて、閑散とした家の中のある違和感に気づいた。

(あれ?)

アザミが家を出て十数年。もし、その後、父と由美子に子供ができていたら、その子は小学生高学年か、中学生になっているはずである。アザミは仏間から廊下を渡り、家中を見て歩い

た。

（え？）

葬儀の時にも感じていた違和感。リビングから、玄関へと移動する。

（……ない。靴がない）

見ると、靴箱にも、父と由美子のもの以外の靴が見当たらなかった。

（なんで？）

アザミは、恐る恐る、二階へと続く階段を上る。二階には自分が使っていた部屋がある。父と由美子に子供がいたのなら、とっくに片付けられているはずだった。

だが、部屋はアザミが使っていた時のままだった。

「この部屋を片付けようとして母さんと喧嘩《けんか》になった。再婚して、母さんと喧嘩したのは、後にも先にもあの時だけだった」

先に部屋に来ていた父親がそう言った。その時、アザミは実家に戻ってきて、初めてまともに父親の顔を見た。

（こんな親不孝な娘の顔なんて見たくないだろうな）

勝手にそう思い込んでいた。

だが父親は、優しくほほえんでいた。

「おかえり。きっと、お前が帰ってきて、母さんも喜んでると思う」
その言葉を聞いて、アザミは膝から崩れ落ち、ワンワンと泣いた。
取り戻せない後悔の日々を思い、
アザミは、泣くことしかできなかった。

パタン

不意に白いワンピースの女が本を閉じる音がした。
アザミは我に返り、
「あ」
と、声を漏らした。
白いワンピースの女が席を立った。
(あの席に座れば、過去に戻れるのね？)

アザミの目が、二美子に問いかける。

（……はい）

二美子も目で答えながら別のことを考えていた。

たとえ、アザミが過去に戻って電話をかけたとしても、義母が電話に出られるかどうかはわからない。せっかく亡くなった義母と話をするために過去に戻るのだから、できる限り話せる可能性を高めておきたい。

二美子は、

（もう少し、時間が欲しかった）

と、白いワンピースの女が立ち上がったことを惜しむように表情を歪めた。

一般的に、日本の幽霊には足がないと言われているが、白いワンピースの女には足がある。だが、白いワンピースの女はまったく足音を立てなかった。足は動いているのに体は上下せず、スーッと滑るように二人の間を横切って、トイレへと消えた。

シンと静まり返る店内。

まず、二美子がさっきまで白いワンピースの女が座っていた席を見た。その視線を追って、アザミが振り返る。

「先輩……」

二美子はアザミの気持ちを確認するように、

「過去に戻るための席が空きました」

と告げた。

アザミは、無言のまま二美子を見つめ返した。二美子の目が背後に向けられる。白いワンピースの女のことを気にしているのだ。

（彼女がトイレから戻ってきたら、過去には戻れません）

アザミは、そんな二美子の訴えを理解していた。

「考えてる時間はなさそうね？」

アザミは、二美子に尋ねた。だが、二美子はその問いに即答できなかった。人は時間がない時に判断を見誤ることがある。二美子は、できるだけ急《せ》かさないように配慮し、

「そうですね」

と、落ち着いた口調で、簡潔に答えた。

（どうする？）

アザミは、白いワンピースの女が席を立ったことで、否応なしに過去に戻ることになりそうなことに戸惑いを隠せずにいた。しかしアザミは、引き寄せられるように、誰もいない席の前に立った。

「やめておきますか？」

じっと席を眺めるアザミの背後から、数が声をかけた。抑揚のない淡々とした口調である。数はアザミを過去に戻らせたいわけでも、戻らせたくないわけでもない。アザミが過去に戻るのであれば、数にも準備がある。これは確認である。

アザミは数の問いかけの後、一呼吸置いて、

「行きます」

と、答えた。

過去に戻っても電話が通じるかどうかはわからない。それでも、ここで行かなければ、きっと後悔する。アザミの返事には、そういった意志が込められていた。

「わかりました」

数はそう答えると、静かにキッチンへと消えた。

アザミは再び過去に戻れる席に向き合い、二美子に、

「……ここに、座ればいいのね？」

と尋ねた。

「はい」

二美子の返事を聞くと、アザミは深呼吸をして、体を椅子とテーブルの間に滑り込ませた。

「祈っています」

過去に戻っても、義母が電話に出るかどうかは、アザミの決意とは関係ない。運任せである。ここまで来れば、二美子にできることといえば祈ることだけだった。

アザミはそう言って背中を押してくれる二美子の気持ちが嬉しかった。だからこそ、言わなければならないことがあった。

アザミは、姿勢を正すと、

「正直言うとね、母と話すのはやっぱり怖い」

と二美子に告げた。

二美子の息が一瞬止まる。言葉には出さなかったが、心の中で、

（え？）

と聞き返していた。そんな戸惑いも、二美子の目を見ればアザミにはわかった。

アザミは続けた。

「ここまで来て、何を言ってるんですかって怒られちゃうかもしれないけど、電話に出ないでほしいって思っている臆病な自分もいるの。だって、今日まで一度も連絡してなかったのに、今さら、何を話せばいいのかわからないし……」

二美子は、たとえアザミが「何もできなかった」と過去から戻ってきても、責めるつもりな

どなかった。だが、どうせ戻るなら、後悔のないようにしてほしいという気持ちもある。そんな思いを言葉にするべきかどうか二美子が迷っていると、

「でもね、あんなにも嫌いだった母のことを、今はとても愛《いと》おしく思う自分がいるの」

と続けた。

「……先輩？」

アザミの声が、徐々に涙声に変わる。

「……もし、今でも生きていてくれたら、どんなことでもしたいと思ってる。親孝行もしたい。私のことをたった一人の娘だと言って、ずっと帰ってくるのを待っててくれた母に、一言『ありがとう』と伝えたい。せめて、その一言だけでも……」

アザミの言葉はそこで途切れた。嗚咽をこらえて口元を押さえ、肩を震わせる。

（もし、母が私のことを本当は嫌っていたとしても、それでもいい。私は、私の気持ちをちゃんと伝えたい）

アザミは、キュッと唇を嚙《か》みしめて顔をあげた。

「よろしいですか？」

気づくと、アザミのすぐ脇に数が立っていた。

「あ、はい」

アザミは慌てて返事をすると、テーブルの上に置いてある紙ナプキンに手を伸ばし、濡れた頬を拭った。

数は銀のトレイに載せた真っ白なコーヒーカップをアザミの前に差し出しながら、

「それでは、今から、私があなたにコーヒーを淹れます」

と告げた。アザミは、数がテーブルの上にカップを置く姿に目を奪われた。その所作は、百回やっても百回とも同じなのではないかと思うほど洗練されていて、一切の無駄がなかった。

数が説明を続ける。

「過去に戻れるのは、私がカップにコーヒーを注いでから、そのコーヒーが冷め切るまでの間だけです」

時間にして八分、長くても十分程度ではないかと二美子から聞いている。

短いとは思ったが、迷っている時間はない。

アザミは、

「はい。お願いします」

と、はっきり答えた。

アザミに迷いがないことを悟ったかのように、数は、トレイに載った銀のケトルに手をかけた。二美子が祈るような目でアザミを見つめている。

数は、

「では」

と言って、一呼吸置くと、

「コーヒーが冷めないうちに」

と、ささやいた。

その言葉が、シンと静まり返る店内に響くと、空気がピンと張り詰めるのがアザミにもわかった。鼓動がどんどん速くなる。数は銀のケトルを持ち上げ、厳粛な儀式のようにカップにコーヒーを注ぎはじめた。アザミは心を落ち着かせるために、カップに満たされていくコーヒーをじっと見つめた。

（過去に戻ったら、まず電話を借りること。そして、すぐ実家にかける。時間はない。母が出たら……）

そんなことを考えていたら、いつの間にかカップにコーヒーが満たされていた。不意に、カップから一筋の湯気が立ち上る。

「あ！」

湯気に気を取られていたアザミは、思わず声をあげてしまった。気づくと、自分の体が湯気になって上昇を始めていたからだ。

「キヨ！」

思わず、二美子に助けを求めようとしたが、その時には、周りの景色が上から下に流れていて、目の前に二美子の姿はなかった。アザミは、湯気になった自分の体が、天井に吸い込まれていくような感覚に身を任せるしかなかった。

（お母さ……ん……）

アザミは気が遠くなっていくのを感じながら、実母の葬儀の日のことを思い出していた。


実母の名前は、美雪《みゆき》といった。

名前の通り、雪のように透き通る白い肌の女性《ひと》だった。実母はＡＬＳ（筋萎縮性側索硬化症）という病気を発症し、長く入院生活を続けたが、最後は実家で私と父に見守られる中、眠るように息を引き取った。

ＡＬＳは、運動ニューロンが徐々に死滅する進行性の神経変性疾患だと説明を受けた。発症すると、筋肉の制御が失われ、筋力低下や筋肉の萎縮が進行する。実母の場合は、最初の症状として発話障害が現れた。ＡＬＳの治療法開発に向けた研究は現在も進行中だというが、新しい治療法や薬剤の臨床試験は行われているものの、まだ進行を完全に止める方法は見つかっていないらしい。

小学生の私にとって実母の死は、それまで経験したことのない悲しい出来事だった。そして、それは父にとっても同じで、私以上に悲しみ、憔悴《しょうすい》しきっていたのを覚えている。

私は、そんな父を見て、

（私はこれ以上、父に心配をかけてはいけない）

と思うようになった。

一人っ子だった私は、実母がＡＬＳを発症した頃から家のことをなるべく自分でやるようになっていた。だが、実母が亡くなってからは、部活動もやめて、家のことは食事の準備から洗濯、掃除まで、すべてやるようになった。私は、実母の代わりに父と自分の家を守ろうとしていたのだと思う。そうすれば父も喜んでくれると思っていた。

半年ほどそんな生活が続き、父も少しずつ立ち直りはじめていた。私は、これからも父と二人で、がんばって生きていくんだと張り切った。

けれど、その翌年、

「新しいお母さんの由美子さんだ」

と、父から紹介されたのが義母だった。

義母は実母の幼馴染で、父とも顔見知りだった。記憶にはなかったが、私も何度か会ったことがあると言われた。状況を理解できないまま、気づくと私たちは戸籍上の親子になっていた。

今から考えれば、父は、部活動もやめて、自分のことよりも家のことばかりやっている私を不憫《ふびん》に思ったのだろう。もしかしたら、担任の先生から何らかの報告を受けていたのかもしれない。

「家のことは、由美子さんに任せておけばいいから」

父は、私の顔を見るたびに、そう言うようになった。もちろんそれは、父の優しさから出たこと。今なら、わかる。だが、当時の私には理解できなかった。

（私がこんなにがんばっているのに……）

私は、義母に自分の仕事を取られてしまったような感覚におちいった。義母は私にもっと子供らしい時間を過ごしてほしいと願っていたに違いない。だが、その思いは私の心には届かなかった。

「お前では美雪の代わりにはならない」

父にそう言われているようで、悲しい気持ちになった。義母が来て、私のやるべきことはなくなってしまい、ついには、自分の居場所さえ見失ってしまった。

（私なんて、いない方がいい）

当時の私には、家を出るという選択肢しか見えていなかった。あの時、私に父と話をする勇気があれば、義母の考えを冷静に受け止める強さがあれば、全然違う未来を手に入れていたかもしれない。だが、私は父の話を聞こうとしなかったし、義母を受け入れる余裕もなかった。父は父なりに、義母は義母なりに、そして私は私なりに、家族を大切にしようと必死だったのだ。ただ、その気持ちをうまく伝えることができなかった。
あの頃、私たち親子は、お互いの本心を伝え合うことができず、望んでもいない不幸な状況を生み出してしまっていた。

少しだけ、勇気を出して、言えばよかった
三人で、
幸せになりたかったって……。

二〇一五年　六月

「あら、いらっしゃい」

弾《はじ》けるような明るい声でアザミは目を覚ました。

カウンターの中にはくりくりと大きな瞳の女性がいて、過去に戻る席に座るアザミにとびっきりの笑顔を向けている。この喫茶店の店主、時田流の妻の時田計である。

（誰だろ？）

アザミは計に会釈をすると、店内を舐《な》めるように見回した。この店は地下二階にあり窓がないため、昼か夜かは判断できない。しかも、三つの柱時計は三つともバラバラの時刻を指していて、アザミは本当に過去に戻ってきたのかを判断しかねていた。

すると、計が、カウンターの中から、

「未来から？」

と尋ねてきた。アザミと計は初対面で、客と従業員という立場なのに、計の言葉はまるで友達に話しかけるかのようだった。だが、ちっとも不快ではない。計には警戒心がなく、子供のような無邪気さがあるばかりだった。

「あ、はい」

アザミは半信半疑ながらも、計の一言で自分が過去に戻ってきたことを受け入れることにした。二美子のアドバイスを信じるなら、コーヒーが冷め切るまでの時間は非常に短い。怪しんでいる時間などないのだ。

しかも、

(思ったよりぬるい)

アザミはコーヒーカップに手を当て、温度を確かめた。

(でも、まだ、慌てるほどではない)

アザミは、二美子の言葉を思い出し、

「ちょっと電話を貸してもらえますか?」

と、いきなり本題に入った。

「電話?」

計はくりくりとした大きな瞳で瞬きをくり返した。

(さすがに唐突すぎたかしら?)

計の反応に、アザミは、

「えっとですね、実は……」

と、状況を説明するために、口を開いた。

だがその瞬間、計は、

「電話ね、待ってて」

と即答して、アザミの視界から消えた。擬音語にするとピューッという感じで、アザミは面食らった。

「え？」

そして計は、あっという間に奥の部屋から電話の子機を持って戻ってきた。

「はい、どうぞ」

「……あ、ありがとうございます」

アザミは二美子から「電話を借りるのに、理由を言う必要はない」と聞かされてはいたが、まさか本当に初対面の客に、何も聞かずに電話を貸してくれるとは思っていなかった。しかも、計はアザミに子機を手渡したあと、口元を手で覆って、

（私からは何も聞きません）

という仕草をした。時間がないのはわかっていますから、とにかく、早く電話をかけてくださいと訴えている。その仕草も愛らしい。アザミは出会ってすぐに計を好きになり、未来に戻ったら友達になりたいと思った。

「じゃ、使わせていただきます」

アザミは頭を下げ、受け取った子機で実家の電話番号をプッシュしようとした。

「どうした？」

奥の部屋から、店主の時田流が現れた。いきなり駆け込んできて、電話の子機を握りしめて店内に戻っていく計の行動を不審に思って様子を見にきたのだろう。だが、アザミは流の登場に気づいていなかった。

流は、例の席に座っているアザミと、口元を押さえている計の姿を見て、

「なるほど」

とつぶやいた。すべてを理解したからではない。アザミが真剣に子機を見つめている姿を見て、今は声をかけるべきではないし、計が何のために口元を押さえているのかは、確認するほど重要ではないことだと思ったからだった。

だが、アザミの手が止まっている。電話番号をプッシュしたのであれば、子機を耳に当てているはずだ。なのにアザミは子機を見つめたまま、微動だにしていなかった。

(ちょっと待って！　もし、もしもよ？　お父さんから聞いた、お母さんのあの言葉が嘘だとしたら？)

葬儀が終わった日、アザミは父から由美子が子供を作ろうとしなかったという話を聞いた。現に、葬儀でも父と由美子の子を見かけることはなかったし、実家にもその気配はなかった。父の言葉に嘘はないだろう。

だが、

(その理由が、もし、父の作り話だったとしたら?)

アザミは、こんな時に発揮された自分の想像力を恨めしく思った。

子供を作らなかった理由が別にあって、父はそのことを伏せて、アザミを傷つけないために都合よく嘘をついた可能性もある。

(もし、そうだとすれば話が変わってくる。私は、今、あくまで、母に愛されていたことを前提に電話をかけようとしている。愛されていたことがわかったからこそ、謝りたい、感謝の気持ちを伝えたいと過去に戻ってきた。でもその前提が、そもそも間違っていたとしたら? 電話に出た瞬間切られるかもしれないし、「今さら、何のために電話なんかしてきたの?」と、責められるかもしれない)

アザミの頭の中に、鹿児島の天文館アーケードでの由美子との最後のやりとりがフラッシュバックする。必死に自分を連れ戻そうとする由美子を、「もう、ほっといて!」と、暴力的に突き放した。あの日から、由美子の顔から徐々に笑顔が消えていった。

(あの時は何も感じなかったのに、今は、母の気持ちを考えただけで泣いてしまいそうになる)

子機を持つアザミの両手が、みるみる下がり、膝の上に落ちた。アザミの視線は、うつろに宙をさまよった。

(せっかく過去にまで戻ってきたのに、私は何をやっているのだろう? 自分がこんなにも臆

病だとは思わなかった。あれだけ母を傷つけたのに、自分は傷つきたくないと思っている）

アザミは、自分の身勝手さに失望し、電話をかけるのを途中でやめてしまった不甲斐《ふがい》なさに泣きたくなった。

その時、

「誰にかけるつもりなの？」

と、カウンターの中でアザミの様子を窺っていた計が声をかけた。

「え？」

「電話」

見ると、くりくりした大きな瞳がアザミを見つめている。

「……おい」

計の隣で流が「邪魔をするんじゃない」と、低い声でたしなめる。

「だって、珍しいでしょ？　私、電話をかけるために未来から来た人、初めてなんだもん」

計の無邪気な発言に対して、流が代わりに、

「す、すみません」

と、アザミに頭を下げた。

（ああ、そうだった）

アザミは計と流のやりとりで我に返った。そしてそれが二人の芝居であることにもすぐに気づいた。

計はアザミが誰に電話するのかを興味本位で聞いたわけではない。未来からやってきたアザミに制限時間があることを思い出させるためなのだ。その証拠に、今は計の顔からは笑みが消え、流と一緒に心配そうにアザミを見ている。

二人は言葉ではなく、目で、

（がんばれ）

と訴えている。その目は純粋で、せっかく過去に戻ってきたのだから、せめて会いたい人の声だけでも聞いて未来に戻ってほしい、そんな祈りのような気持ちが込められているのがわかる。アザミは、素直にその気持ちが嬉しかった。数分前に現れた、二度と会わないかもしれない他人である自分に、こんなにも純粋に寄り添ってくれる二人を羨ましくも思った。常日頃、自分も極力、人に優しくできる人間でありたいと意識している。だが、いざ、自分が初めて出会った他人に対して、それができるかと言えば、できるとは言い難い。

アザミは、改めて、この二人の前ではすべてをさらけ出そうという気持ちになった。

そして子機を見つめながら、

「母です。母に一言、謝ろうと思って……。でも、家を飛び出してから、もう何年も連絡すらしてなかったので、いざとなったら、何から話せばいいのかわからなくて……」

と、ため息をつくように話した。

それはアザミの本心であった。好きな人に「好きだ」と伝えたくても、相手からどう思われているのかわからない、嫌われたくない、拒否されたくなくて告白できないのと同じである。

アザミの話を聞いて、計は、

「じゃ、元気だよって伝えるだけでもいいんじゃない？」

と、言って小首を傾げた。無邪気で自由奔放。それが計である。

だが、アザミの事情を知らない計の発言に、

「おいおい」

と、流がたしなめるような表情で振り返った。流はアザミの表情と雰囲気から、母親との間に何らかのトラブルがあったのではないかと察している。だが、計は構わずに続ける。

「もし、もう二度と話せる機会がないのなら、声を聞かせてあげるだけでも喜んでくれるんじゃないかな？　違う？」

計はそう言って流に同意を求めた。

流は突然同意を求められても困ると言わんばかりに、

「いや、でも、それは、あれだろ？　人にはいろいろ事情もあることだし、本当に彼女のお母

さんが喜んでくれるかなんてわからないだろ？」

と、しどろもどろになりながら答えた。

流はアザミの気持ちを汲んでフォローしたつもりだったが、アザミの心には流の（人にはいろいろ事情がある）という言葉が刺さった。

（私は自分の過ちを母に謝りたかった。でも、それは、私の事情で母には関係ない。もし、父が私に嘘をついていたのだとしても、それは父の事情であって、私を苦しめるためについた嘘でないことだけは確かだ。母だって、母の事情がある。私が電話して、母が怒っても、それは仕方がない。私は謝って、許してほしいと思っていた。だから怖かった。許してもらえないかも、と考えてしまったから。でも、そうじゃない。私は母に謝るべきことをした。許してもらえる、もらえないじゃない。私も母と同じ立場になって、過去の自分と向き合い、謝りたいと思ったから、ここまで来たんだ）

アザミの心の中で、ストンと落ちるものがあった。

（よし！）

アザミは意を決して子機を見つめ、おもむろにボタンを押しはじめた。

その様子を見て計は、

（私の言った通りでしょ？）

と、ニコニコと嬉しそうに流の顔を覗き込んだ。

流は流で、

(やれやれ。どちらにせよ、よかった。せっかく過去に戻ってきたのに、何もしないで未来に帰るんじゃ気の毒だ)

と、ホッと小さなため息をついた。

アザミはゆっくりと子機の受話口を耳に当てた。だが、今になっても「切」ボタンを押してしまいそうな衝動と戦っている。

アザミの心は、電話に出てほしい気持ちと出ないでほしいという気持ちの間で揺れ動き、一瞬たりとも定まらなかった。

耳に当てた子機から、トゥルトゥルと呼び出し音が聞こえる。

呼び出し音がくり返されるたびに、アザミの心拍数はどんどん高くなり、待っている時間はとても長く感じられた。


トゥル……

呼び出し音が途切れた。

「……もしもし？」

アザミはその声に聞き覚えがあった。記憶に残る由美子の声は、少しだけ低くなったように感じる。だが、受話口から聞こえてきたその声が由美子のものであることを疑う余地はなかった。

「もしもし？　あの、どちら様ですか？」

アザミが無言のままなので、由美子が少し警戒しているのが伝わってきた。

「あ、あの……」

アザミは慌てて名乗ろうとしたが、再び義母の反応が怖くなって言葉が出なかった。

（今なら電話を切っても、私だとわからないはず）

アザミは心の声に促されて、耳から子機をゆっくりと離した。

その時、

「アザミちゃん？」

と、耳から引き剝がした受話口から、かすかにアザミの名前を呼ぶ声が聞こえてきた。

「……もしもし」

アザミは聞き間違いだったのではないかと疑いながらささやいた。

「本当にアザミちゃんなのね？」

「う、うん」

アザミが返事をするも、義母からの反応はなかった。時間にして数秒の沈黙。電話では顔が見えないから、沈黙されると相手が何を考えているのかまったくわからない。

アザミは、

(何か話さなければ)

と焦るばかりで、何も思いつかない。

「あ、えっと……」

「元気でしたか?」

「え?」

アザミは義母のぎこちない言葉遣いに戸惑う反面、それは当然だとも思った。

義母のことを「あんた」と呼び、親子らしい会話など交わさぬまま家を飛び出して十数年が過ぎた。義母にしてみれば、時間とともに他人にも等しい存在になっていたに違いない。アザミは、義母との間に大きな心の隔たりを感じずにはいられなかった。

「申し訳ありません。突然、電話なんかしてしまって……」

義母の言葉に釣られて、アザミの言葉もひどく他人行儀なものになってしまった。

「いいのよ、謝らなくて」

義母の言葉は少々ぎこちなかったが、優しかった。

「でも、まさか、あなたから電話をくれるなんて思ってもいなかったから、私も、その、何を話せばいいのかわからなくて……」

義母の言葉から、困惑しているのがわかる。義母は、アザミが家を出たあと、しばらくはアザミからの連絡を期待していたに違いない。だが三年経っても、五年経っても連絡はなかった。いくら義母でも、もう期待などしなくなっているはずだ。

「ごめんなさい」

アザミは謝ることしかできなかった。そして、再び沈黙が流れた。義母も久しぶりに電話をかけてきた夫の連れ子がただ謝るばかりの状況に、戸惑っているのかもしれない。

(今さら、母の人生に私は関わるべきではなかったのだ。忘れられて当然。私が娘に同じような態度をとられたらどう思うだろう? 私なら辛くて耐えられないかもしれない。夫の娘は、私とは違い優しかった。私をすぐに母親として受け入れてくれた。それに比べて私はなんてひどいことをしてしまったのか。後悔してもしきれない。でも母にしてみたら、今さら謝られても、何かが変わるわけではない。この喫茶店のルールにもあった。現実は何も変わらないと。となると、私が母に対してできることは何もない)

アザミは義母の声から、期待していた反応を得られないことを悟った。

（もう帰ろう）

アザミは静かに深呼吸をすると、

「お母さん、私……」

と、切り出した。

すると、受話口から義母の、

「え？」

という、何かに驚いたような大きな声が聞こえた。

「お母さん？」

アザミは電話の向こう側で義母に何かあったのかと、

「え？　なに？　お母さん、どうしたの？　大丈夫？」

と、声をかけた。だが、義母からは返事がない。

「お母さん？」

アザミはもう一度少し大きめの声で呼びかけた。

受話口に強く耳を押し当てると、

「う、う……」

と、義母が嗚咽する声が聞こえる。おそらくは口を押さえて泣いているのだろう、その声は鈍くこもっていた。

アザミは、義母がなぜ突然泣き出したのかわからずに動揺した。

「お母さん、どうしたの？　大丈夫？」

「ごめんなさい」

「なんでお母さんが謝るの？　悪いのは私なのに」

「違うの」

「違う？　なにが？」

「嬉しくて」

「え？」

「初めてだったから、あなたに、『お母さん』って呼ばれたの、それで、嬉しくて……」

「あ……」

この瞬間、アザミは義母と過ごした十代の頃の数年間を思い返した。

〈母のことを「あんた」と呼び、一度として「お母さん」と呼んだことはなかった。父や学校の先生に何を言われても、頑《かたく》なに母とは認めず「あの人」と呼んだ。

今、私は大人になった。自覚はなかったけど、歳をとるたびに、母に対する反発心は徐々に薄れていった。なんで、あんなにも反発したのだろうと、不思議に思うことさえあった。そして、いつしか、私の中で「あの人」は「母」に変化していた……）

アザミが由美子のことを「お母さん」と呼んだのは無意識だった。だが、これまで一度も「お母さん」と呼ばれたことのなかった由美子にとっては、衝撃の一言だったに違いない。

（私に「お母さん」と呼ばれただけで泣いてしまうなんて……）

アザミはこの時初めて、義母の心の傷の深さを知った。

「ごめんね、お母さん。ごめんなさい。私はずっと、お母さんを苦しめてきたのね。本当にごめんなさい。お母さんを傷つけたまま連絡もしないでごめんなさい」

アザミも涙が止まらなかった。

「いいの、いいのよ。いいの」

義母もそう答えるのが精一杯で、言葉にならなかった。

しばらくの間、二人は電話越しに無言のまま向き合っていた。だが、それまでの沈黙とは違う。黙っていても、互いの気持ちはちゃんと通じ合っていた。

「あの」

その時、計が泣き止《や》まないアザミにそっと声をかけた。

アザミが顔をあげると、計は、

「お電話、お返しいただいてもよろしいですか？」

と、アザミの耳元で声をかけた。まるで、電話の向こうの由美子に聞かせるかのように。アザミは、

（何も、そんな大きな声で言わなくても……）

と訝《いぶか》しく思ったが、顔をあげて見た計の目は、

（そろそろ、コーヒーが冷めてしまいますよ）

と、訴えていた。

「あ……」

アザミは、一瞬で我に返った。自分が過去に戻ってきていることを思い出したのだ。

そして、ルールがあることも……。

カランコロン

突然、カウベルが鳴った。

だが、入ってきたのは客ではなく、さっきまでカウンターの中にいたはずの流だった。

「いらっしゃいませ、お一人様ですか？」

計が流に声をかける。従業員同士のおかしなやりとりが続いた。

すると、

「喫茶店か、どこかなの？」

と、義母が尋ねてきた。

「あ、うん。地下だから電波入らなくて」

その瞬間、アザミは計と流のやりとりの意味を悟った。アザミに制限時間があることを思い出させて、なおかつ、電話を切るタイミングを作ろうとしてくれている。

「実はこれ、借りてる電話で……」

「そうなのね、ごめん、ごめん」

「だから」

「また、連絡ちょうだいね。待ってるから」

アザミは一瞬、躊躇した。義母の言葉に何と答えればよいのかわからなかったのだ。連絡をすると言えば、嘘になる。二〇一九年に戻れば、義母はすでに亡くなっている。二度と連絡をすることはできない。かといって、正直に伝えても悲しい思いをさせるだけである。

だが、迷ったのもほんの一瞬だった。

「わかった」

アザミは極力明るく、嘘を悟られないように応えた。

「電話、ありがと。じゃあね」

義母の声は名残惜しそうだったが、柔らかく、幸せそうだった。

「お母さん」

アザミはつい、もう一度呼びかけた。計と流が顔を見合わせる。コーヒーが冷めてしまうのを心配しているのだろう。

アザミはカップを手に持って、口元近くに引き寄せた。

「私、ひどい娘だったね。でも、そんな私をずっと……、今日までずっと娘として愛してくれてありがとう」

アザミはそれだけ言うと、子機をテーブルに置き、そのまま一気にコーヒーを飲み干した。

「あ……」

ぐらりと目の前が歪み、アザミの体は来た時と同じように真っ白な湯気へと変化し、天井に吸い込まれるように消えていった。

計はアザミが無事未来に帰ったことを確認すると、テーブルに残された子機を手に取った。

子機の受話口からは、由美子の嗚咽が聞こえる。

「よかったですね」

計はそう言って、アザミは急ぎの用事があったため、慌てて店を後にしたと告げた。

すると、由美子のハァハァと苦しそうな息が聞こえたあと、突然、受話口から男の声が聞こえてきた。男はアザミの父だと名乗った。

そして、男は最後に、

「ありがとうございました。これで妻はもう思い残すことはないと言ってます」

という言葉を残して電話を切った。

二〇一九年　一月

目が覚めると、二美子がカウンター席に座っているのが見えた。見回すと数もいる。電話を貸してくれた計と流の姿はない。

（戻ってきた）

アザミは自分が飲み干した空のコーヒーカップを覗き込んだ。

（もしかしてギリギリだった？）

一気に飲み干すために口に含んだ際、常温に近い、微妙な温度に、ヒヤリとしたのを覚えている。この時になって、アザミは自分の頬が濡れていることに気づき、テーブルの上の紙ナプキンに手を伸ばした。

そこへ、トイレから白いワンピースの女が戻ってきて、アザミの前に立ち、

「どいて」

と、つぶやいた。

「あ、すみません」

アザミは慌てて、女に席を譲るために立ち上がった。

「ちゃんと話せたようですね？」

二美子がアザミに歩み寄り、声をかけた。

「何でわかるの？」

「わかりますよ、顔見れば……」

「そっか」

アザミは二美子の言葉をそのまま受け入れることにした。アザミ自身も、心に引っかかっていたトゲのような痛みがなくなっていることを実感していた。

（きっと私は、今、晴れやかな顔をしている）

アザミは崩れた化粧を気にすることもなく、二美子に、

「過去に戻れてよかった。ありがとう」

と、笑ってみせた。

「何よりです」

二美子も応えて、ほほえんだ。

その後、アザミは「娘の顔が見たくなった」と言って、そそくさと喫茶店を後にした。

カランコロン

「フゥー、良かった」

アザミを地上まで見送りに行った二美子が戻ってきて、大きく息を吐いてつぶやいた。アザミがいる時には見せなかった安堵《あんど》の表情を浮かべている。

「何か飲まれますか？」

カウンター席に腰を下ろした二美子に、数が尋ねた。

「あ、じゃ、熱々のコーヒーもらおっかな」

「かしこまりました」

数がキッチンに消えるのを目で追ったあと、二美子はその視線を、スッと白いワンピースの女に向けた。

（見れば見るほどよく似てる）

二美子は白いワンピースの女が数の母であることは知らされていた。数は、七歳の時に亡くなった父親に会いに行くという母親に、過去に戻るためのコーヒーを淹れた。だが、母親は過去から帰ってこなかった。二美子はその話を聞いてから、ずっと気になっていることがあった。

（数さんのお母さんは、どうして戻ってこられなかったんだろ？）

流から聞いた話だと、数の母親は明るくて、誰にでも分け隔てなく優しくする素敵な人だったという。

（数さんの前には、彼女が過去に戻るためのコーヒーを淹れていたわけだから、コーヒーが冷め切るまでに飲み干せなければどうなってしまうのかは、誰よりもよくわかっていたはず）

そんな人が、愛おしい娘を残したまま過去から戻ってこなかったのには、それなりの理由があるはずだ。でも、そのことを数に聞けるほど親しい関係ではないことは二美子も理解している。

（これは聞いてはいけないこと。なぜなら、そのことで一番傷ついているのは他でもない、お母さんにコーヒーを淹れた数さんだから）

そんなことを考えている間に、数が二美子のコーヒーを運んできた。

数は、

「お待たせしました」

と言う代わりに、

「当時、母は私よりも父を選んだんだと、そう思っていました」

と、静かに二美子の前にコーヒーを差し出した。

「え？」

まるで思考を読まれていたかのような数の告白に、二美子は顔をあげたまま固まってしまった。

「でも、最近、もしかしたら、人間の愛おしいという気持ちに優劣などないのかもしれないと思うようになりました」

二美子の戸惑いを気にする様子も見せずに、数は話を続ける。

「比べるものではないのかもしれません」

さらに、数は白いワンピースの女を見て、

「母が過去から戻ってこられなかったことと、愛おしいという気持ちは別次元のことだから……」

と、つぶやいた。自分に言い聞かせているのかもしれなかった。

二美子はそんな数を見て、

（こんな穏やかな数さんの表情は見たことがない）

と、嬉しく思った。

数は、カウンターの中に戻り、いつものようにカトラリーの手入れを始めた。

「あの」

二美子がカウンター越しに、数の手元を覗き込む。

「なんでしょう？」

「それ、私にも手伝わせてもらっていい？」

数は一瞬手を止めて、二美子を見返して、

「構いませんよ」

と答えて、二美子をカウンターの中に迎え入れた。

第一話　完

第二話

彼女からの返事を待つ男の話

二〇一二年　秋

新谷刻《しんたにこく》は自分が通う美術大学の文化祭で、一枚の絵を眺めていた。

「母」と題された一〇〇号サイズのキャンバスには、踏切の遮断機とオレンジ色に染まる街並みが描かれている。スーパーリアリズムと呼ばれる技法の、写真と見間違うほど細かく描き込まれた作品で、絵であることを知らずにその前を横切れば、壁に四角い穴が空いているようにも見える。

だが、足を止めてよく見ると、ある違和感に気づく。街の情景には書店や銀行、スーパーなども描かれていて、車や自転車も走っているのに、そこに存在するはずの人間が一人もいなかった。ゴーストタウンというわけではない。カバンやリュックなどが宙に浮いていて、すべての住人が透明人間にでもなってしまったかのような絵だった。

ただ、画面の手前から奥へと少女と思《おぼ》しき影が伸びている。

少女の実体はなく、「母」というタイトルから大人の女性の影にも見えるが、刻にはリアルに描き込まれたそのシルエットから七、八歳の少女であるという確信があった。

（この少女が立っているのは、もしかして……）

刻は絵の構図から、姿なき少女の立つ場所を推測する。影は遮断機の内側からその向こうへと伸びている。つまり、少女は線路の上に立っていて、その影は刻の足元から伸びているのだ。

刻はごくりと喉を鳴らす。絵のリアルさと臨場感に、今にも真横から電車が現れて、刻自身を轢《ひ》いてしまうのではないかとさえ思えてくる。いつしか、絵と現実の境界線は消え、刻の耳には警報器のカンカンと鳴り響く音さえ聞こえていた。

刻はフォトグラファーになるために美術大学に通っていた。

写真に興味を持ちはじめたのは小学生の頃である。誕生日に父からもらったお下がりの一眼レフカメラがきっかけだった。

刻はずっしりと重いその一眼レフを気に入り、学校にいる時以外はずっと肌身離さず持ち歩いた。最初は目に映るものは手当たり次第に写真に収めていた。夏休みや冬休みには一日に千枚、二千枚と撮る日もあった。

中学生になる頃には被写体を厳選するようになり、古びた廃屋や朽ちた老木などを好んで撮った。

父に、

「そんなモノを撮って楽しいのか？」

と聞かれて、刻はこう答えた。

「楽しいよ。時間を撮るのはとても楽しい」

「時間？　写真に時間は写らないだろ？」

刻の父が疑問に思うのも、もっともだった。

これは刻だけが持つ感性で、廃屋や朽木など、古ければ古いほど刻の眼《め》には魅力的に映った。そのまま放っておけば、朽ち果てて、跡形もなく消えてしまいそうなものを切り取って永遠に留《とど》めておく。それが刻にとっての「写真」だった。

高校生になると刻はフォトコンテストに応募するようになり、受賞することもあった。その頃から将来はフォトグラファーとして世界を回ることを夢見るようになる。

美術大学への進学も、語学と写真の基礎を学ぶためだった。

そんな折、大学三年生になった刻はこの絵に出会う。

絵にはリアルな今と作者の心情が明確に描かれていた。それまで目に映る過去の現象だけを写真に収めてきた刻にとって、その絵は胸の内を抉《えぐ》られるような衝撃だった。

心を奪われるという言葉があるが、この時の刻はまさにそれである。

「あの、そろそろ終わりの時間ですけど？」

背後から見知らぬ学生に声をかけられて刻は我に返った。気づくと三時間が経過していた。

外は暗く、わいわいと賑《にぎ》やかだった校内も静まり返っていた。

「この絵を描いたのは誰ですか？」

刻は声をかけてきた学生に尋ねた。

「え？　あ、誰だっけ？　確か二年の……」

学生は、少しめんどくさそうに展示室の受付に置いてあるパンフレットを見ながら、

「二年の時田数《ときたかず》って子じゃないですかね？」

と、曖昧に答えた。

「時田数」

刻はその名前を数回つぶやいて、改めて視線を上げた。閉室の時間を知らされなければ、そのまま動けなくなっていたかもしれない。

刻はこの絵の作者である時田数という人物に、これまで経験したことのないほどの心の昂《たかぶ》りと興味を持った。

二〇一九年　早春

過去に戻れると噂《うわさ》の喫茶店「フニクリフニクラ」は明治七年の創業である。創業当時、店主を務めていたのは時田トキと名乗る女性であった。この喫茶店で過去に戻るためのコーヒーを淹れることができるのは、時田家の女性だけと定められている。トキは、世界各地に点在する過去に戻れる喫茶店のうち、日本で最初の店主と言われている。だが、この喫茶店がどのように建てられて、時田トキがどこからやってきたのかは誰も知らない。

現在、店主は時田流《ながれ》と名乗る身長二メートル近い大男が務めている。

流は糸のように細い目をした、のっぺりとした顔立ちで、ボディビルダーのようなガッチリとした体軀《たいく》に、いつも白いコック服を着ている。過去に暴走車に轢かれ、数十メートルも吹っ飛ばされたというのに、かすり傷ですんだという漫画のような逸話もある。料理は独学で学び、和食、洋食、中華、エスニックなんでもこなす腕前である。よく超一流のレストランから引き抜きのオファーをされているのだが、流自身は高額のギャランティーを積まれても、

「自分はこの喫茶店を継いだ身なので」

と、断りつづけている。

喫茶店というと軽食しかないイメージだが、求められれば出せない料理はない。ただ、メニューには載っていないので、一般客が頼むのはコーヒーなどのドリンク類がメインとなる。店内には二人掛けテーブル席が三つとカウンター席が三つ。一番奥のテーブル席には常に白いワ

ンピースの女が居座っていて、彼女が座っている席が、過去に戻れる席だといわれている。つまり、一般客が座れる席は七席しかない。それでも満席になることがないのは、この喫茶店が路地裏の目立たない場所にあることも理由の一つである。

この日も、店内の客は常連である清川二美子《きよかわふみこ》と、新谷刻という青年だけだった。

「新谷さんて、カメラマンだったんですね」

カウンター席に座る二美子が、一冊の写真集をめくりながら隣に座る新谷刻に語りかけた。

「正確にはフォトグラファーっていうんスよね？」

時田流はカメラマンとフォトグラファーを間違えるなんて失礼ですよと言わんばかりに眉をひそめて指摘した。

「ええ、まぁ」

刻はスパイラルパーマをかけ無造作にセットした頭をかきながら、はにかんでみせた。

「何が違うんですか？」

二美子は写真集に目を落としたまま、抑揚のない声でつぶやいた。

「それは……えっと……」

指摘した流自身、カメラマンとフォトグラファーの違いを理解していなかったのか、糸のように細い目をさらに細めながら口籠《くちごも》った。

そんな流を二美子が冷ややかな目で見上げた。

「呼び方が違うだけで、カメラマンもフォトグラファーも同じ職種です。ただ、動画を扱う人もカメラマンと呼ばれるので、僕はフォトグラファーと名乗っています。僕は動画は撮らないので」

刻は落ち着いた口調で二美子の疑問に答えた。簡潔でわかりやすい。

一般的に聞き取りやすい声の音程は「ドレミファソラシド」の「ソ」の音だといわれている。刻の声はまさに「ソ」で安心感を与える優しい声だった。

「なるほど」

二美子は知ったかぶりをした流を責めるつもりでいたが、刻の説明に流への配慮を感じたのでやめた。代わりに、

「でも、新谷さんの写真は動画ではないのに、時間の流れというか、三年後とかに見たら同じページなのに写っているものが変わってるかもしれないと思わせる不思議な感じがしますね」

と感想を述べた。

「あー、それは俺も思ってたっス。髪の伸びる日本人形あるじゃないスか。アレのようだなって」

流のコメントに二美子がプッと吹き出しながら眉をひそめた。

「流さん、もっと気の利いた例えないんですか？　フォトグラファーをカメラマンって言い間違えるより失礼ですよ？」

「え？　あ、別に、その、変な意味ではなく」

「わかってます。僕の撮る写真に命があるように見えるという意味ですよね？」

「あ、そ、そうそう」

「嬉《うれ》しいです。ありがとうございます」

二美子に揚げ足を取られて動揺する流に、刻は優しくほほえんだ。その笑顔一つとっても、嘘偽《うそいつわ》りのない、すべてを許してくれるような寛容さがある。

流は八歳年下の刻の態度に、表情を緩めて、

「こちらこそ」

と、頭を下げた。

二美子は、刻の対応を見て、

（数さんの一歳年上ということは、二十七歳でしょ？　人間ができすぎてる）

とため息を漏らした。

カランコロン

カウベルが鳴ると同時に、流が「いらっしゃいませ」と声をかけ、入り口に目を向けた。入ってきたのは沖島友和《おきしまともかず》という男性だった。沖島はベージュのスプリングコートにスリムジーンズという若々しい格好をしている。

「あ」

沖島の顔を見て流が小さく声を漏らした。

「どうも」

沖島は小さく頭を下げて、スプリングコートを脱ぎながら空いている真ん中のテーブル席に歩を進める。

流はカウンターの中から沖島に声をかけた。

「もうそんな時期になりますか?」

「はい」

二美子は頻繁にこの喫茶店に通っている常連客ではあるが、沖島を見たのは今日が初めてで、二人の会話をキョトンとした表情で聞いた。沖島はスプリングコートを椅子の背にかけると、白いワンピースの女に背を向ける形で腰を下ろした。

ボーン、ボーン

店内にある年代物の大きな柱時計が、午後二時を知らせる鐘を響かせた。

この喫茶店には大きなアンティークの柱時計が三つあるのだが、正確な時を刻んでいるのは真ん中の柱時計だけで、両隣の二つは遅れたり、進んだりしている。

今、鐘を打ったのは真ん中の柱時計だった。

「あ、じゃ、僕はこれで……」

鐘の音をきっかけに、刻がカウンター席から立ち上がり、傍《そば》に置いていたキャリーバッグとカメラ機材の入っている大きなリュックに手を伸ばした。

「え？　数ならもうすぐ戻ってくると思うけど……」

キッチンから流が出てきて、刻を引き止めた。

「フライトの時間もあるので」

刻はそう言って、伝票に記された金額をカウンターの上に置くと、重そうなリュックを「よっ」と言いながら背負った。

「じゃ、それ、数さんに」

刻は二美子が開いている写真集にチラと視線を向けて、流に頭を下げた。流がＯＫサインで応える。

「え？」

二美子はこの時になって自分が手にしている写真集が、刻が数のために持ってきたものだと悟り、慌てながらも丁寧にページを閉じて、カウンターの上に置いた。

「ごちそうさまでした」

「気をつけて」

刻はキャリーバッグをガラガラと引っ張って店を後にした。

カランコロン

流は刻を見送ったあと、沖島に水を出した。沖島はメニューを見ずに、

「コーヒー、あと、オススメのパスタを」

と注文した。

「かしこまりました」

流の糸のように細い目が一瞬キラリと輝くように見開かれた。料理人としての腕前を見せられるのが嬉しいのだ。流はいそいそとキッチンへと姿を消した。

カウンター席の二美子は、写真集を再び開いた。数ページめくって眺めた後、

「彼って、もしかして数さんと付き合ってるんですか？」

と、キッチンにいる流に向かって声をかけた。

「刻くんのことっスか？」

「いい人そうだけど」

二美子は刻が数に好意を抱いていることは察していた。だが、この喫茶店に通うようになって四年、二美子は勝手に、数は男性と付き合うようなタイプではないと思い込んでいた。なぜなら、数は常に人と距離を取り、深く関わることを避けているように見えるからだ。流とはこの四年で冗談やツッコミを交えた会話ができるまでになったが、数には未《いま》だに大きな壁を感じることがある。二美子は、そんな数が刻のことをどう思っているのか興味があった。

だが、流からの返答は、二美子の予想通り、

「どうなんスかね」

と、曖昧なものだった。

流と数は従兄妹《いとこ》同士である。

流は巨漢のわりに性格は温厚で、細やかな気遣いもできる料理人である。ただし、興味のないことにはひどく無関心で、特に恋愛に対してはまったく興味を示さない。三年前に他界した

妻の時田計《けい》とは、流が交通事故に遭った時、入院先の病院で出会った。その際、計からの猛烈なプロポーズを、流は散歩に誘われた程度の感覚で受けた。もし計が現れなければ、一生独身だったかもしれないと本人も思っている。だから、計が亡くなって三年経っても、再婚など考えたこともなかった。

そんな流が数と新谷の関係を聞かれても、答えられるわけがない。

（聞いた私がバカだった）

二美子は沖島のコーヒーを運ぶ流を目で追いながら、小さなため息をついた。

カランコロン

不意に、カウベルが鳴ったと思ったら、

「ただいまーっ」

と、元気な声が入り口から響いた。沖島にコーヒーを出していた流の顔が歪む。

店内に入ってきたのは時田ミキである。ミキは流と計の娘で三歳になったばかりである。天真爛漫《らんまん》を絵に描いたような性格は母親ゆずりで、人見知りすることなく誰にでも話しかける。

「さくら、まだだったよ」

ミキは流の足の甲に尻を乗せ、脛《すね》に腕と足を絡ませるようにしてしがみついた。これはミキが最近気に入っている遊びで、流はミキを足の甲に乗せたまま移動する。

ミキは、

「らくちん、らくちん」

と言っていつまでも離れない。

しばらくして、ミキの背後から現れたのは、時田数である。流がため息交じりにささやいた。

「こいつのわがままに付き合わせて悪い」

「ううん」

ミキを足の甲に乗せたままキッチンに流が消えると二美子が、

「まだ、お花見には、ちょっと早かったみたいですね」

と、数に話しかけた。

「ええ」

素っ気ない返事だったが、二美子は気にせずに話を続ける。

「私、桜って散りはじめが一番好きなんです。ヒラヒラと落ちてくる花びらを見つめてると、時間を忘れちゃいますよね」

「そうですね」

坂口安吾の『桜の森の満開の下』が有名だけど、私は小説よりも野田秀樹さんの舞台の方が好き。ラストシーンで鬼姫になった毬谷友子《まりやともこ》さんと耳男役の野田秀樹さんが揉《も》み合うシーンで大量の桜吹雪が舞うんだけど、もう、それが圧巻で」

二美子が興奮気味に桜と舞台の話をしている間に数は紺色のダッフルコートを脱ぎ、奥の部屋へと消え、ソムリエエプロンをつけて戻ってきた。

「あれ観《み》て、私、舞台にハマったんですよ。数さん、舞台とか観ますか？」

「いえ」

「じゃ、今度行きましょうよ。来月、おもしろそうな舞台あるんですよ」

「私は……」

「ま、ま、そう言わずに。ね？」

二美子が強引に言葉を被《かぶ》せた。数はしばらく黙ったままエプロンの紐《ひも》を結んでいたが、

「わかりました」

とあっさり答えた。行きたいわけでも、行きたくないわけでもなく、ただ断る理由がないから、といったふうだった。

「やった」

数の反応とは裏腹に、二美子は宝くじでも当たったかのようにパチパチと手を叩いて喜んだ。

「来てたんですね？」

数の視線が、刻が持ってきた写真集に落ちる。

「あ、そうそう、さっきまでいたのよ。飛行機の時間があるからって……」

二美子は桜や演劇の話より先に、刻が来ていたことを話すべきだったと、反省の表情を浮かべながら写真集を数に手渡した。

「そうですか」

だが、数はそれだけ答えると、表情も変えずに写真集を受け取り、奥の部屋へと消えた。この喫茶店には流や数の居住スペースもある。数の態度からは、刻からのプレゼントであるはずの写真集を喜んでいるのか、迷惑なのか、二美子にはわからなかった。

おまけに、あまりに普段と変わらず淡々としていて、新谷刻が自分に寄せているであろう好意に対してどう思っているのか、その感情を読み取ることもできなかった。

「うーん」

「え？　どうかしたんスか？」

考え込む二美子の顔がよほどおかしかったのか、キッチンから出てきた流が首を傾《かし》げた。左手には沖島が注文したパスタを載せたトレイを持ち、右手でミキを抱えている。二メートル近い巨漢の流に抱かれた三歳のミキは、小動物のように見える。その愛らしさに二美子は一瞬目

を奪われたが、

「あ、いや、別に何でもないです」

と小さく手を振り、飲みかけのアイスコーヒーに手を伸ばした。

その時、示し合わせたかのように数が奥の部屋から戻ってきた。数はアイコンタクトだけで流からトレイを受け取り、沖島の座るテーブル席に歩み寄った。

流は、数が沖島の前にパスタの皿を置くタイミングを見計らって、

「ちょうど鯖《さば》の味噌煮《みそに》缶があったので、トマトソースと合わせて、ニンニクを多めに、あと赤唐辛子、塩、胡椒《こしょう》で味を調えたものです」

と説明した。

「お好みで」

流はそう言って、粉チーズとタバスコを並べた。

「ありがとうございます」

沖島は供されたパスタをキラキラした目で見つめると、フォークを手に取った。

「いい匂い」

カウンター席に座る二美子が、大きく息を吸い込みながらつぶやいた。

「あ、なんか、すいません」

沖島は、羨ましそうな視線を送ってくる二美子に気づいて手を止めた。

「そんな、そんな！　気にせずに、どうぞ、召し上がってください！」

二美子は自分の行為で、初対面である沖島に気を遣わせてしまったことを後悔して、肩をすぼめながら頭を下げた。

「すみません」

沖島も二美子を恐縮させてしまったことを謝り、

「じゃ、いただきます」

と、手を合わせた。そして、クルクルとパスタをフォークに巻き付ける。よくほぐされた鯖の身とトマトソースがうまく馴染《なじ》んでいて、しっかりパスタに絡んでいる。

「うん、うまい」

沖島が舌鼓を打った。

沖島の様子を見て、流は細い目をより細める。料理人である流は、自分の作った料理を客が満足げに食べているのを見るのが好きだった。

「あれ？　ミキちゃん？」

二美子がミキの異変に気づく。いつもなら、流が仕事中であろうとお構いなしに喋《しゃべ》りつづけているミキがおとなしい。

「寝ちゃった？」

「みたいっスね」

いつの間にか、ミキは流の胸でスースーと寝息を立てていた。桜は咲いていなくても、公園でミキが疲れ果てるまで走り回っている姿が容易に想像できる。流は仕方がないなとため息をつき、二美子は、

「かわいい」

と、つぶやいた。

「悪い。ちょっと店頼む」

「うん」

流は数に後を任せて、ミキを寝かせるために奥の部屋に消えた。

流とミキがいなくなると、店内が急にシンと静まり返った。

この喫茶店では音楽を流していないので、聞こえるのは沖島がパスタをフォークに絡ませるカチャカチャという音だけだった。

数は元々無口だし、二美子と沖島は初対面である。沖島は、なにか話さねばと話題になりそうなことを考えてみたが、二美子の容姿に気圧《けお》されてきっかけを摑《つか》めずにいた。

目や鼻、口などの配置の美しさを表す黄金比というものがあるが、二美子はまさにその黄金

比通りの顔立ちだった。顔は小さく目鼻立ちもくっきりしていて、透き通るような肌と艶のある唇、後ろで束ねた黒髪にもハリと光沢があり、カールした毛先が艶《なまめ》かしく跳《は》ねている。下手に話しかければナンパ目的ではないかと思われそうで、沖島は萎縮してしまった。

「もしかして、過去に戻るために来られたんですか？」

不意に、二美子が沖島の顔を覗《のぞ》き込むように首を傾げ問いかけた。この喫茶店には過去に戻れる席があると噂されているし、四年前に過去に戻ったことのある二美子としては当然の問いかけだった。むしろ、それ以外の目的でこの店に来る客を見る方が珍しい。二美子はそう思っていた。

「あ、えっと」

窓のない店の薄暗い照明の下でも、発光しているのではないかと勘違いしてしまうほどキラキラ輝く瞳を二美子から向けられて、沖島は動揺して二美子の問いを理解できずにいた。

「この喫茶店の噂を聞いて来られたんじゃないんですか？」

沖島の動揺などお構いなしに二美子が畳み掛ける。

「噂？　あ、ああ！」

沖島はやっと合点がいったように大きく頷《うなず》いてみせた。その拍子に持っていたフォークを落としそうになり、慌てたはずみにテーブルを蹴り上げて、危うく水のグラスがひっくり返るところだった。

「大丈夫ですか?」

「だ、大丈夫です。すみません」

二美子が心配して立ち上がると、沖島は手を上げてそれを制した。さらに、フォークを置いて、水がこぼれていないのを確認すると、もう一度、

「大丈夫ですので」

と言って、二美子が席に座り直すのを待った。

「人を待ってるんです」

「待ち合わせですか?」

「ええ、まぁ」

答える沖島の顔がかすかに曇る。二美子はその変化を見逃さなかった。そして、その理由を背後にいる数に求めるように振り返った。沖島の表情が曇った理由を、数なら知っているのではないかと直感したからだ。そして、その直感は正しかった。

「沖島さんは、すでに過去に戻ったことがおありなんです」

「え?」

二美子は頭の回転が速い。数が何か知っているかもしれないと直感したのも「ええ、まぁ」

と答えた沖島の視線が一瞬数に向けられたのも見逃さなかった。

流とのやりとりから、沖島がこの店を何度か訪れたことがあることは推測できる。ならば、過去に戻るためにはどの席に座らなければならないかも知っているはずだ。にもかかわらず、沖島は白いワンピースの女に背を向けて座った。つまり、過去に戻るために来たわけではない。

二美子の疑問は、数の言葉で、

（過去に戻るために来たのか？）

から、

（過去に戻ったことのある沖島は、誰を待っているのか？）

へと変化した。

二美子の視線が、沖島へと注がれる。数から「過去に戻ったことがある」と言われた沖島は、二美子の疑問に答えるように、

「僕が過去に戻ったのは、今から七年前でした」

と、テーブルにはねたトマトソースを紙ナプキンで拭きながら、語りはじめた。

二〇一二年　二月十四日

中学二年生の沖島は登校後ずっとそわそわしていて、授業に身が入らなかった。沖島だけではない。二年四組の男子生徒全員が、休み時間になるとキョロキョロと目を泳がせては、女子生徒たちの動向に一喜一憂している。

それもそのはず。この日はバレンタインデーだった。

日本ではいつの頃からか、バレンタインデーは女性が男性にチョコレートを贈って愛を伝える日のようになった。普段、恥ずかしくて告白できない女子生徒たちも、この日ばかりはバレンタインという大義名分に背中を押され、勇気を出して告白をする。毎年、二月十四日を過ぎるとクラスの中に複数のカップルが誕生する。

一般的に第二次性徴は十歳から十四歳の間に始まるといわれている。男子なら体ががっちりしはじめて、髭《ひげ》が生えたりする。小学生の時は女子より身長の低かった男子が、突然グングン身長を伸ばして急激に男らしい体つきになることもある。無邪気に遊んでいたクラスメイトや友達を、異性として、時に同性として意識するようになるのもこの頃である。

沖島も例に漏れず、心と体の変化とともに、女子を異性として意識するようになった。寝癖も気にせず登校していた小学生の時とは違い、中学生になってからは常にヘアスタイルを気にするようになった。休み時間には必ずトイレに行って、鏡の前で髪型をチェックした。すべては女子にモテるためである。

だが、モテたいという感情とは裏腹に、生来、恥ずかしがり屋で天《あま》の邪鬼《じゃく》な性格の沖島は、素直に女子の輪に飛び込むことができなかった。クラスに一人か二人はいる、容姿がよくて女子によくモテる男子生徒を見ると、

「チャラチャラしやがって」

と、不満げに吐き捨てることもあった。もちろん、内心は羨ましい。自分も女子にチヤホヤされたい。そう思ってはいる。嫉妬である。だが、嫉妬している自分を認めたくはない。だから、女子からモテない自分を、

(女子には興味がない)

と見せることで無自覚に肯定していた。

そんな沖島にも、実は気になる女子がいた。

名は小崎《おざき》カンナ。身長一六八センチメートルで、所属するバレーボール部では特に目立つわけではないが、同学年の女子生徒の中では頭一つ高い。色白でお雛様《ひなさま》のような顔立ちで、バレ

ーボールのような激しいスポーツをやっているにもかかわらず、大人しく、口数の少ない少女だった。

沖島とカンナは一年生の時に同じクラスだった。沖島がカンナを意識するようになったのは男友達である林田茂樹《はやしだしげき》の、

「小崎はいつもお前ばかり見てる」

という一言がきっかけだった。

もちろん、林田の情報が事実であるかどうかはわからない。もしかしたら、林田自身がカンナに好意を抱いていて、たまたまカンナを見つめていた時、その視線の先に沖島がいただけなのかもしれない。

だが、人間には人から好意を受けると、自分も同じように好意を返したくなる心理が働く。これを「好意の返報性」という。仮にカンナが沖島を見ているという事実がなくても、林田から「小崎はいつもお前ばかり見てる」という言葉を聞いたことは嘘ではない。その情報を信じるか、信じないか、それは沖島に委ねられている。沖島は良くも悪くも林田の言葉を信じてしまった。

気になりはじめると、カンナはいつも自分を見ているように感じた。そして頻繁に目が合う。こうなると林田の言葉が誤情報であったとしても関係ない。

沖島はすっかりカンナのことを好きになってしまった。だが、自分から告白するつもりはない。あくまで沖島の中では先に好きになったのはカンナであると思っていたからだ。天の邪鬼で恥ずかしがり屋の沖島と大人しいカンナ。二学期初めの席替えで偶然隣り合わせになったのに、二人が交わす会話は、朝の、

「おはよう」

「お、おう」

と、下校前の、

「またね」

「お、おう」

だけ。二人は挨拶を交わすクラスメイトという関係から発展することはなかった。

そうこうしているうちに季節は巡り、二年生になった沖島とカンナは別々のクラスになった。だが、顔を合わせればカンナから挨拶をする関係は続いた。

そんな二人の関係に転機が訪れた。

バレンタインデーである。

その日沖島は、カンナからチョコレートを手渡されることを期待していた。休み時間になるとカンナのクラスの前を用もないのに通った。チラリと教室の中を見てカンナを捜す。一限目

のあとも、二限目のあともカンナを見つけることはできなかった。自分のクラスに戻ると、数人の男子がチョコレートを手渡されている場面に遭遇した。

「あんなのもらって何が嬉しいんだか」

「オレ、甘いもん苦手だし」

沖島とよく連《つる》んでいる数人の男子がぼやきとも強がりとも取れる台詞《せりふ》を吐く。

「ホントだよな」

沖島は相槌《あいづち》を打ちながら、自分はカンナからもらえるかもしれないと期待して、本心では同意はしていなかった。このグループに「小崎はいつもお前ばかり見てる」と告げた林田もいた。

しかし、林田はその後、

「小崎ってよく見るとかわいくね？」

と、カンナに興味があることを仄《ほの》めかすようにもなっていた。

「二組の？」

「そうそう」

沖島はカンナが二組であることは当然知ってはいたが、語尾をあげてとぼけてみせた。

「二組の女子なら泉《いずみ》の方がかわいいだろ？」

沖島はカンナに好意を持っていることを悟られないために、わざと別の女子生徒の名前を出した。

「泉はやめた方がいいんじゃね？」

「なんで？」

「だって、あいつ……」

林田は、警戒するように目を泳がせながら、

「松下《まつした》と付き合ってるらしい」

と、沖島にだけ聞こえるようにつぶやいた。松下は林田と同様、沖島の小学生の時からの同級生で、仲がいいわけではないが、常に女子に人気があり、沖島にとって羨むべき存在だった。

「え？」

泉が松下と付き合っていると聞いて、泉のことが好きなわけではなかったのに、なぜか言いようのない苛立《いらだ》ちが湧いてきた。それは昔から女子生徒にチヤホヤされていた松下への嫉妬と、結局、女子は松下のような顔立ちのいい男子を選ぶのだという落胆から来る怒りだった。

もし、沖島が泉に好意を寄せていたなら、ショックで二、三日学校を休んだかもしれない。

だが、沖島の本命はカンナである。

「マジか……」

「どんまい」

林田はそう言って沖島の肩を抱いた。とはいえ、本気で同情しているようには見えない。沖島が知り得なかった秘密を自分が握っていた優越感と、他人の不幸は蜜の味とばかりに、それを貪り、恍惚《こうこつ》とした表情を見せている。しかし、沖島はカンナと両思いになったつもりでいる。林田が悦に入って沖島に慰めの言葉をかければかけるほど、哀れで仕方なかった。

だから、なるべく林田の前ではチョコレートを渡されたくないと、沖島は思っていた。なぜなら、林田の目の前でカンナからチョコレートを渡されたら、どんな顔をすればいいのかわからないし、あまりに林田がかわいそうだとも思ったからだ。かわいそうだが、勝者が敗者にかける同情の言葉ほど醜いものはない。沖島は、休み時間にはできるだけ教室の外に出て、林田には近づかないように気を張って過ごしていた。

三限目と四限目の間の休み時間も、沖島はトイレと称して二組の教室の前を通ったが、カンナを見つけることはできなかった。

(もしかして、避けられてる?)

不意にネガティブな考えが頭をよぎる。期待が大きかっただけに、沖島は不安になった。

(最悪なのは、小崎が好きなのが、本当は俺ではなく林田だった時だ)

沖島の思考回路はどんどん悪い方へと舵《かじ》を切る。

（俺の知らないうちに林田が小崎に告白していて、俺のことが好きだったのに気持ちが林田に傾いたとか）

松下と泉の話をした時の、妙に勝ち誇った林田の表情が沖島の脳裏に蘇《よみがえ》る。

（林田はすでに小崎と付き合っていて、俺が小崎のことが好きなのを知っていて、わざとあんな言い方をしたのか？　もし、そうなのだとしたら……）

沖島は二組の教室を通り過ぎたあたりで、慌てて振り返った。遠くから林田が自分のことを見ているのではないかと思ったからだ。

「考えすぎか」

心の声が小さく漏れる。

（小崎のヤツ、今日は休みか？）

その可能性が一番高い。休みであれば、会えるわけがない。バレンタイン当日に体調を崩し、学校を休む。あり得ないことではない。

（そういえば、小崎は遠足や学校の行事の際に休むことがあった）

今日に限ってと残念には思ったが、林田にチョコレートを奪われることに比べれば受けるショックも大きくはない。沖島は大きなため息をついた。

キンコンカンコーン

四限目が始まるチャイムが鳴り響く。沖島は「やはりカンナは休みだ」と自分に言い聞かせ、教室に戻った。

結局、放課後になるまで沖島はカンナの姿を見つけることはできなかった。沖島は部活動に参加していないので、いつもなら授業が終わればすぐに帰路につく。

だが、この日は林田を含む数名の男子と教室に残って、取り留めもない話に花を咲かせていた。ここにいるメンバーは、誰一人チョコレートをもらってはいない。ここで言うチョコレートとは本命チョコのことであり、優しい女子が男子全員に配って回る義理チョコではない。義理チョコであれば、沖島も林田も二、三個手に入れていた。

午後四時を過ぎれば陽《ひ》は傾き、教室内をオレンジ色に染める。下校の時刻を告げるアナウンスが流れはじめた。ついさっきまで運動場から聞こえていたサッカー部や野球部の騒がしい掛け声もピタリと止まり、あたりは静まり返っていた。教室に残っていた沖島たちにもさすがにあきらめムードが漂い、誰かが、

「帰るか」

とつぶやいた。ため息とともに同意の声が漏れ、それぞれがカバンに手を伸ばした。

だが、沖島はどうしても立ち上がることができなかった。丸一日、期待に胸を膨らませていた自分を思い返し、なんとも情けない気持ちになった。一方的に好意を寄せていたのは沖島で、カンナにとって沖島は教室に居残った男子生徒たちと何ら変わらなかったのだ。

友人たちが一人、また一人と出口に向かって歩き出す。未練がましく立ち上がれずにいた沖島も、重い腰を上げた。

その時、

ガラガラ

と、教室の戸が開いた。林田は開けようとしていた戸が突然開いたので「わっ!」と声をあげて、二、三歩後ずさった。

戸口に現れたのはクラスメイトの堀江美鈴《ほりえみすず》だった。本命チョコ欲しさに居残っていた男子たちに緊張が走る。帰り際に本命チョコをもらえるなんて、野球で言えばさよなら満塁ホームランのようなものだ。

だが美鈴は呆《あき》れ顔で、

「あんたたち、まだいたの?」

と男子たちに向けて吐き捨てた。

「いいだろ、別に。お前こそ、何しに戻ってきたんだよ？　忘れ物か？」

林田が、上擦った声で、どこか嬉しそうに反論している。美鈴の態度からすれば、チョコレートをもらえる可能性は低い。それでも、ただ寂しく帰るだけだと思っていたこのタイミングで女子と言葉を交わせたことが嬉しかったのだ。だが、林田のときめきは一瞬にして凍りついた。

美鈴は、戸に手をかけたまま、

「違うわよ」

と林田を一瞥《いちべつ》して、沖島を見た。美鈴の視線の先を林田が追う。

「沖島、ちょっといい？」

「え？」

美鈴は廊下に沖島を呼び出すために顎を小さくしゃくりあげた。

その場にいる沖島を含めた男子全員が思わず声をあげた。

「顔貸してって言ってんのよ」

「あ、ああ」

沖島は動揺を隠してゆっくり歩き出した。男子たちは羨ましさを押し殺し、ヘラヘラと苦笑いを浮かべている。

沖島は男子たちの間を縫って戸口に向かったが、複雑な心境だった。沖島はカンナからチョコレートがもらえるのではないかと期待していた。だが、今日一日、カンナには会うことができなかった。避けられているのかもしれないと疑ってもいた。それなのに、バレンタインデーの終了間際になって、別の女子に名指しで呼び出され、ときめき、浮き足立っている。居残り男子の中で自分だけが呼ばれた優越感もあった。

沖島はフワフワした足取りで美鈴の後について廊下に出て、心臓が口から飛び出そうなほど驚いた。教室の中からは見えなかったが、二メートルも離れていない壁際にカンナが立っていたからだ。

カンナは両手を後ろに回し、恥ずかしそうにうつむいている。

「小崎……？」

沖島の背後から吐息が漏れるようなつぶやきが聞こえてきた。林田である。沖島の脳裏に、

「小崎はいつもお前ばかり見てる」

「小崎ってよく見るとかわいくね？」

という林田の言葉が鮮明にフラッシュバックする。

「カンナが、あんたに渡したいものがあるんだってさ」

腕組みをして沖島とカンナの間に立つ美鈴が言う。その口調から、カンナの煮え切らない態度に業を煮やし、お節介だと思いながらも、無理やり連れてきたことが窺《うかが》える。

もしかしたら、今日一日、朝から渡しに行く、行かないをくり返していたのかもしれない。しかも、美鈴が沖島を見る目には（こんな男のどこを好きになったのかわからない）という感情がこもっている。だが、今の沖島は、目の前にいるカンナの次のアクションが気になって、そんなことを気にしている余裕などなかった。

だが、カンナは動かない。

「下校の時刻になりました。校内に残っている生徒は速やかに下校しましょう」

わずかな沈黙の隙間に再び校内放送が響き渡る。この放送に反応して顔をあげたのは二人の間を取り持とうとしている美鈴だけだった。

美鈴は「ふぅ」とため息をつき、

「時間ないよ」

と、カンナに声をかけた。

「あ、うん」

答えてカンナは後ろ手に隠していた小さな紙袋をゆっくりと沖島に差し出した。

「これ」

カンナの声は聞き取れないほど小さく、差し出された紙袋はかすかに震えていた。光沢のないマットな赤色に金文字で「HAPPY VALENTINE」と入っている。どう考えても義理チョコではない。本命チョコ、つまりカンナから沖島に向けての愛の告白ということである。しかも、配慮を欠いた美鈴のせいで数人の男子生徒が見ている中での告白になってしまった。

「俺に？」

「当たり前でしょ？　何言ってんの？　早く受け取りなさいよ」

言ったのはカンナではない。どこか虫のいどころの悪そうな美鈴だ。

「あ、あ、そっか」

沖島は目を伏せたまま紙袋に右手を伸ばした。心臓がバクバクしている。恥ずかしさのあまり、少しぶっきらぼうになったが、なんとかカンナからのバレンタインチョコを受け取ることができた。嬉しい反面、さっき、美鈴に呼ばれて浮かれていた自分に後ろめたさも感じる。

だが、今はそれよりも、やるべきことがある。

まずは、

「ありがとう」

と、伝えなければならない。今日から本当に両思いになるのだから。

沖島は、緊張でぎこちなくはあったが、笑顔で感謝の気持ちを言葉にしようとした。

「でも、沖島は泉が好きなんだろ？」

夕陽でオレンジ色に染まる廊下の空気が、一瞬色を失ったかのように凍りついた。その時、沖島はその発言の主が誰なのか理解していなかった。

「は？　何それ？」

反応したのは、美鈴だった。沖島がカンナからのチョコレートを受け取ったあと、「あとはご勝手に」と言って、さっさと帰ろうとしていたところだった。

「さっき、聞いたんだ。沖島は泉が好きだって」

この時になって、沖島はようやく空気を凍らせた声の主が林田だと気づいた。

「今、それ、言う？」

沖島の心の声を美鈴が見事に代弁する。

「いや、だって」

沖島が振り返ると、林田も、自分がなぜそんなことを口走ったのか理解できないという顔をしていた。

「ごめん」

「ごめんなさい」

沖島の前と後ろで林田とカンナが同時に謝った。そして、二人とも逃げるようにその場から走り去ってしまった。

「カンナ！」

美鈴はカンナを追い、さっきまで冗談を言い合っていた男子たちも、気まずそうな顔で挨拶もせず、その場を立ち去った。

二〇一九年　早春

「えーーーっ！」

沖島の昔話に耳を傾けていた二美子が、店中に響き渡るような声をあげた。

沖島は目を丸くして、カウンター席から立ち上がって口元を押さえる二美子の顔を凝視した。

だが、二美子の声に驚いたのは沖島だけで、カウンターの中の数は何事もなかったかのように涼しい顔で佇《たたず》み、白いワンピースの女は静かに本を読んでいる。

「す、すみません」

「いえ」

二美子は真っ赤になった顔を両手で覆いながらカウンター席に腰を下ろした。

「それで、その後、どうなったんですか？」

驚かせてしまったと申し訳なく思いつつ、二美子は沖島の話の続きが気になった。

「あの日は動揺しすぎて、何もできませんでした」

「追わなかったんですか？　どう考えても誤解ですよね？」

二美子の問いかけに沖島は視線を落として、

「そうなんですけどね」

と、魂が抜けたようなため息をついた。

「カッコ悪いって思っちゃったんです。言い訳するのが」

「でも……」

二美子は「ちゃんと説明すれば、わかってもらえたはずなのに」という言葉を呑《の》み込んだ。すでに七年も前の話である。今さらそんなことを言っても始まらないし、目の前の沖島だってわかっているはずのことだった。

「あと、後ろめたさがあったんです。小崎のことが気になっていたのに、堀江に名前を呼ばれて、一瞬、小崎のことが頭から消えてしまったから……。僕の小崎への気持ちなんてその程度だったのかって……」

沖島はテーブルの上で冷め切ってしまったパスタを見つめながら、自分の愚かさを笑った。

「もし、僕に小崎以外の女子からはチョコレートを受け取らないっていう強い気持ちがあったら追いかけてたかもしれません」

二美子は沖島に好感を持った。純粋で真面目だと思ったからだ。だが、それは長所でもあるが、反面、短所にもなる。不器用なのだ。自分の気持ちに嘘をつくことができない。

美鈴に名前を呼ばれて廊下に出るまでの短い時間に湧いたわずかな気持ちの揺れなど、誰にもわからない。言わなければいい。だが、沖島は許せなかった。心の中に湧いた不純物を受け入れることができなかった。

二美子は、

（もし、自分ならどうしただろう？）

と考えた。考えて、すぐに自分なら追いかけただろうと思った。たとえ、沖島のように一瞬気持ちが揺れたとしても、

（そんな一瞬の迷いで大切な人を失うぐらいなら、私はその迷いを誰にも言わずに墓まで持っていく）

と、思った。

それが二美子の考えであり、性格だった。

とはいえ、沖島の気持ちがわからないわけではない。沖島に似た性格の男性を知っていたからだ。純粋で真面目で不器用で、自分の気持ちに嘘のつけない男。二美子が結婚の約束をしている賀田多《かただ》五郎《ごろう》がそうである。そして、それこそが五郎の魅力だと思っている。

だから、目の前の沖島に何も言えなかった。きっと、沖島のその純粋で不器用なところが誰かの目に留まり、魅力的に映るはずだと思った。

だから二美子は、ただ静かに、

「わかる気がします」

とだけ独り言のようにつぶやいた。

「温め直しますか?」

シンと静まり返った店内に、数の声が響いた。沖島が冷めたパスタをじっと見つめていたからというのもあるが、食べてもらえないと流がショックを受けるかもしれないという数なりの気遣いでもあった。

「あ、お願いします」

沖島の表情がパッと明るくなった。沖島も、残すのは申し訳ないので冷めても完食しようと思っていたところだった。どうせ食べるなら温め直しておいしく食べたい。数はパスタが半分ほど残っている皿を引き上げ、キッチンへと消えた。

その姿を見送った二美子が、不意に首を傾げた。

(もし、沖島の話がこれで終わりなのだとしたら、沖島は一体誰に会うために過去に戻ったのだろうか?)

沖島は七年前、すでに過去に戻ったのだと言った。もちろん、話の流れから沖島が会いに行ったのはカンナに違いない。ではなぜ、未だに沖島はこの喫茶店に通っているのか?

(そうじゃない)

二美子のカンがそう訴える。

(何かある)

沖島がこの喫茶店に来て、白いワンピースの女に背を向けて座り、時折、入り口をじっと見つめているのには何か大きな意味がある。二美子はそう確信している。

チン

二美子が思考を巡らせていると、キッチンから電子レンジの終了を知らせる音がした。

通常、飲食店がお客様に提供した料理を冷めたからといって電子レンジで温め直すことなどしない。

（まさか、電子レンジを使うとは思わなかった）

だが、温め直すだけであれば電子レンジで十分なのだ。実に合理的で、最短、最適な方法と言える。

バレンタインデーの顛末《てんまつ》が、おそらくは沖島のその後の人生を変える取り返しのつかない失敗に終わっただけに、店内に響いた「チン」という音が滑稽さに拍車をかけた。沖島も同じことを感じたのか、二美子と目を合わすと「ハハハ」と笑い出した。

「お待たせしました」

二人が笑っている理由など知る由もない数が、トレイに温め直したパスタを載せて戻ってきた。

「どうぞ」

「すみません」

沖島は、電子レンジを使ったことを笑っていると数に悟られないように、軽く頭を下げた。数は数で、そんなことを気にする様子も見せず、

「ごゆっくり」

と、いつものように涼しい顔で告げてカウンターの中に戻った。沖島はせっかく温め直してもらったものを、また冷ましてしまうわけにはいかないと、すぐさまフォークを手に取って残

りのパスタをあっという間に平らげた。

「ところで、誰を待っているんですか？」

沖島が「ごちそうさま」と小声でつぶやき、手を合わせ一息ついたところを見計らって二美子は尋ねた。気になったら確かめずにはいられない性格なのである。当然、沖島は「小崎カンナ」と答えるだろうと予想していたが、聞きたいのは七年前のバレンタインデー以後の話である。

「もちろん、小崎です」

沖島は入り口に目を向けながら答えた。予想通りの答えであったが、二美子は満足できなかった。なぜならカンナを待っているという沖島の表情には翳《かげ》りが見えた。疲れと言ってもいい。単純な疲労ではない。この七年という長い時間に積み重なった疲れのように感じる。

そういえば、沖島が来店した際、

「もうそんな時期になりますか？」

と、流は言った。

つまり、沖島は毎年この時期、もしくは決まった日にこの喫茶店を訪れていると考えられる。

そして毎年、カンナが来るのを待っている。

二美子は、沖島の表情から、彼は未だに待ち人であるカンナには会えていないのではないかと思った。だが、どこかスッキリしない。

（なぜ、この時期なのか？　七年越しに待たなければならない理由とは？）

沖島の行動を説明するには大事なピースが足りない。

沖島が過去に戻った理由である。

「あなたは、七年前、なぜ、過去に戻ったんですか？」

二美子は単刀直入に聞いてみた。

沖島の頭の上では木製のシーリングファンがゆっくりと回っている。まるで沖島の時間を巻き戻すかのように。

「実は……」

沖島は、その日、何が起きたのかをポツリポツリと語りはじめた。

二〇一二年　二月十四日

「おい、いつまで残ってるつもりだ？　早く下校しなさい」

夕闇迫る中、一人廊下に佇んでいた沖島は、遠くから叫ぶ教師の声で我に返った。手にはカンナから渡された紙袋をぶら下げている。ほんの数分前の出来事なのに、何が起きたのかうまく思い出せない。いや、受け入れられずにいると言った方が正しかった。

帰宅後、沖島は学校にカバンを忘れてきてしまったことに気がついた。カバンの中には財布が入っていたが、今はそれどころではない。沖島の頭の中は、あの廊下での誤解をいかにして解くかでいっぱいだった。カンナからもらった紙袋の中には、おとぎ話に出てくるような宝箱を模した箱があり、さらにメッセージカードが添えられていた。

メッセージには、

「まずかったら捨ててください。小崎」

と、ピンク色の小さな文字で書かれていた。箱をあけてみると、中には一口大のビスケットでマシュマロを挟み、チョコレートでコーティングしたものが七個入っていた。

「捨てられるわけないだろ」

沖島は、苦々しい表情を浮かべて、宝箱を紙袋に戻した。

(食べるのは誤解を解いてからだ)

時計を見ると午後七時を回っている。

一刻も早くカンナと話したかったが、沖島はカンナの携帯電話の番号を知らなかった。元クラスメイトでカンナの連絡先を知る女子に聞くという手もあるが、そもそも、連絡先を交換している女子がいなかった。沖島が連絡先を知っている男子で、カンナの電話番号を知っていそうなのは松下しか思い当たらなかった。しかし、本当に松下がカンナの電話番号を知っていたら、それはそれで気分が悪い。

だが、沖島は思った。

たとえ、カンナの電話番号を聞けたとしても、電話をかけられるかどうかわからない。学校でだって挨拶以上の会話をしたことがないのに、いきなり電話をかけて、廊下でのことをうまく説明できる気がしない。

（電話はダメか……）

ベッドと勉強机でほぼ足の踏み場のない部屋を、沖島はウロウロ歩き回った。

（どうする？）

今からカンナの家を訪ねたとしても、カンナの親に、

「娘とはどんな関係ですか？」

などと聞かれたら、どう答えていいのかわからない。想像しただけで心臓が飛び出しそうになった。

気持ちだけが空回りして、悶々としているうちに、時刻は二十二時を過ぎていた。

（学校で直接会って説明するしかない）

沖島はその時初めて、自分がまだ制服を着たままであることに気づいた。

ブーブーブー

ベッドに放り投げてあった携帯電話のバイブレーションコールがメールの着信を告げる。

「……」

制服を脱ぎながら、沖島は携帯電話を凝視した。普段、この時間にメールを送りつけてくる友人はいない。

（まさか）

あり得ないことだとは思いながらも、カンナからのメールではないかと期待に胸が高鳴る。

沖島はそっと携帯電話に手を伸ばした。画面を確認すると、表示には「はやしだ」の文字。

「は？」

一瞬にして胸の高鳴りは苛立ちに変わる。

沖島はなるべく林田のことを考えないようにしていた。苛立ちはあったが、林田の前で嘘でも「泉の方がかわいい」と言ったのは事実である。カンナが沖島にチョコレートを渡したあのタイミングで言わなくてもいいだろと憤慨はしたが、林田がカンナに思いを寄せていたらしいと考えると、一概に憎むことはできなかった。

ただ、今は顔も見たくなかったし、メールを開く気持ちにもならなかった。沖島は携帯電話と制服を投げ捨てて、ベッドに潜り込んだ。

コチコチコチコチ

だが、眠れなかった。気がつくと午前四時。

沖島は学校でどうやってカンナと二人きりになるかを考えていた。休み時間にカンナのクラスに行って、直接呼び出したりしたら、注目を浴びてしまう。そんな恥ずかしいことはできない。やはり、放課後を狙うことにした。校門前で待ち伏せするのが一番現実的だという結論に至った。

だが、不安要素もある。

（俺の話を信じてくれるだろうか？）

沖島は自分が口下手であることを自覚している。言うべきことを紙に書いておかないと、支離滅裂なことになって、カンナを余計混乱させてしまうかもしれない。

(つまらない嘘をついてしまった)

結局、

(包み隠さず、全部、正直に話す。それが一番いい。下手な嘘は更なる誤解を招くことになる。だから、正直に「好きだ」という気持ちを言葉にして伝えよう!)

と心に決めて、眠りについた。

ジリリリリ

けたたましい目覚まし時計の音で沖島は目を覚ました。

二月の朝の寒さは、沖島の部屋を冷凍庫のように冷やしていた。吐く息が白い。この日は格別に寒かった。一気に目が覚める。そして、この日やらなければならない最重要案件を思い出す。

(よし!)

沖島は、両手で頬《ほお》をピシャリと叩いて、気合いを入れた。

おそらくは沖島の十四年間の人生で、一番勇気を出さなければならない日になると思われた。

キンコンカンコーン

始業のチャイムと同時に沖島は教室に飛び込んだ。

カバンを学校に置いてきたことを忘れて、家中捜し回っていたために遅刻するところだった。だが、そのおかげで林田とも、朝から顔を合わせて変な空気にならずにすんだ。

沖島と林田の席は教室の隅と隅で離れている。校庭側前方が沖島で、廊下側の後方に林田の席がある。振り向きさえしなければ視界に林田が入ることはない。

休み時間も、林田が席を立てば、沖島は逃げるように教室から出た。授業が始まる間際に戻ってきて、なるべく林田と距離を取りつづけた。今、下手に謝られても何と答えればいいのかわからない。

（このまま放課後まであいつの顔を見ずに過ごしたい）

沖島は授業中も何度か林田の視線を感じたが、なるべく顔を廊下側に向けないように意識しつづけた。

この日の授業はまったく頭に入ってこなかった。

四限目が終わり、昼休みになった。沖島は林田から逃げるように教室を飛び出し、カンナの教室の前を足早に通り過ぎようとした。

今はまだカンナに会うわけにはいかない。告白は二人きりになれる放課後と決めている。周りに他の生徒たちがいるタイミングでカンナに会って、何も話せず、気まずい空気になるのだけは避けたかったからだ。

だが、カンナの教室の前を通った瞬間、沖島は何やら不穏な空気を感じた。

（ん？）

思わず足を止めて中を覗くと、重い空気が漂っている。そして、みんなに笑顔がない。伏目がちで会話も少なく、黙々と食事をとっている。

（まるでお通夜だ）

沖島は肩をすぼめて、先を急いだ。

「沖島」

背後から聞き覚えのある声に呼び止められた。沖島が振り返ると、昨日あの現場に居合わせた美鈴が神妙な顔をして立っていた。

（ヤバい）

沖島は、反射的に立ち去ろうとした。

「待って！」

背後から聞こえる美鈴の声に妙な緊迫感を覚え、沖島は足を止めた。沖島が振り向いても美

鈴はしばらく黙っていたが、やがて、

「……が事故で」

と、弱々しくつぶやいた。

「え？」

沖島は美鈴の言葉が聞き取れなかった。だが、なんとも言えない不穏な予感に、鼓動が速くなっていくのがわかる。

「……誰だって？」

「カンナが」

「え？」

「昨日、カンナが事故に遭って」

美鈴の目がみるみる赤くなる。

「え？」

沖島の頭の中で、教室内の重い空気と生徒たちの暗い表情がフラッシュバックした。

「嘘だろ？」

沖島はその風景を通夜のようだと思ったことをひどく後悔した。

（冗談でも笑えない）

美鈴の目から涙があふれた。

「昨日、あの後、カンナを慰めるために帰りに神保町《じんぼうちょう》の喫茶店に寄ったの。カンナは落ち込んではいたけど、それでも勇気を出してチョコレートを渡せたことを喜んでたのに……」

その帰路に、事故に遭った。

自転車で横断歩道を直進する時、左折してきたワゴン車に接触しそうになった。ドライバーはダッシュボードに固定した携帯電話で動画を見ながら運転していた。明らかに不注意である。カンナはスピードは出ていないものの、左折してくるワゴン車が止まりそうにないことに気づいて、一旦、止まろうとした。瞬間、後方から別の自転車がカンナの自転車にノーブレーキで突っ込んできた。自転車の運転者は地図アプリを見ながら運転していた。追突されたカンナはバランスを崩して、ワゴン車の側面に体当たりする形になった。幸い、車輪に巻き込まれることはなかったが、そのまま倒れ込み頭を強打した。

美鈴はそこまで話すと、手のひらで涙を拭った。

「それで、今、入院中なんだけど……」

「え？」

「何？」

「入院中？」

「そうよ」

「……」

「命に別状はないらしいんだけど……」

沖島は危うく「つまり、死んだわけじゃないんだな?」と言いかけたが、その言葉をぐっと呑み込んだ。不謹慎だし、早合点したことを美鈴に悟られたくなかった。

「どこの病院?」

「神田総合病院。でも、今はまだ会えないって先生が言ってた」

「わかった」

告白どころではなくなってしまったが、とにかく最悪の事態は回避した。それに、

(病院なら二人きりになれるチャンスが増える)

と、命に関わる怪我《けが》ではないことを知って、そんなことも考えた。

「とにかく、面会できるようになったら知らせるから、お見舞いに行ってあげて。たぶん、あんたが泉のこと好きだとしても喜ぶと思うから」

「あ、いや、そのことなんだけど」

沖島は、美鈴に事の顛末をすべて話した。

「は? 何それ? じゃ、なに? あんたたち、両思いじゃん?」

「あ、まぁ、そういうことになるのかも」

沖島は「両思い」という言葉に耳を赤くした。カンナに思いを寄せている林田には悪いと感じながらもその言葉は沖島の気持ちを少し明るくした。あとは、誤解をとくだけだった。

だが、数日しても面会許可は出なかった。精密検査が長引いているという話だった。

「こんなに長引くものなのか？」

「私も電話でおばさんに聞いたんだけど、ちょっと打ちどころが悪くて、脳波に乱れがあるから大事をとってるんだって。ちょうど春休みも近いし、授業らしい授業もほとんどないから、無理して登校するより、ちゃんと診てもらった方がいいのかも」

美鈴にカンナと両思いであることを知られてからは、時々、カンナと面会が可能になったらどうやって告白すればいいかなどの話で盛り上がった。

そして、迎えた新学期。

クラス替えが発表された名簿の中にカンナの名前はなかった。元担任教師の話だと、頭を強く打った後遺症でここ何年かの記憶が消えているということだった。本人は至って元気なのだが、家族で話し合い、父の郷里の学校に転校し、記憶が戻るまで養生することになったという。

二〇一九年　早春

「それでも最初は、二、三か月もすれば、記憶を取り戻すだろうと思っていました」

沖島は浅いため息とともにそうつぶやいて、正面の大きな柱時計の秒針の動きを目で追った。

沖島の話を聞いていた二美子は、カンナの事故の件では両手で口元を押さえて涙目になり、生きていたことに安堵《あんど》の表情を浮かべるも、記憶喪失だと聞いて言葉を失った。

「それで、カンナさんはどうなったんですか？」

二美子は緊迫した表情で尋ねた。

「……戻ってきませんでした」

「そんな」

「おそらく、今も当時の記憶をなくしたまま生活していると思います。記憶をなくしたといっても家族や幼少期の記憶は残っていたそうなので、最初は戸惑ったとしても、なんとかやっていったのではないでしょうか」

「せっかく両思いだったのに……」

二美子はそう言った瞬間、後悔した。

そのことで一番辛《つら》い思いをしたのは沖島自身であるからだ。興味本位で沖島に昔のことを語らせた自分自身にも腹が立つ。

（もし、五郎が私と出会ってから結婚を決めるまでの記憶を失い、私の存在を忘れてしまったら？）

それが今の沖島の状況なのだと思うと、なんと声をかけていいかわからなくなった。

「だから、過去に戻ったんです。記憶を失う前の小崎に会うために」

二〇一二年　秋

カンナが去ってから夏が過ぎ、秋になっていた。

同級生の間でも、カンナの話題には誰も触れなくなり、林田ですら別の女子に思いを寄せて呑気《のんき》にはしゃぎ回っていた。

そんな中、沖島だけがいつまでもカンナを忘れられないでいた。

人生には分岐点がある。

だが、その分岐点が人生を大きく変えることを意識できる者は少ない。後から振り返ってみれば、あの日、あの瞬間が分岐点だったと気づくことがほとんどである。当然、沖島はカンナが事故に遭うことを予想することはできなかった。まして、記憶を失うなんてことは想定外の出来事である。だからこそ、沖島はあの日、カンナの後を追えなかった。わずかな迷いや、他人に見られているという羞恥心から優先順位を見誤ったからである。もし、未来が見えるのなら後悔は回避できる。それができないから苦しむのだ。

この日、沖島はカンナが最後に立ち寄ったという喫茶店に来て、何時間も居座っていた。自分でも未練がましいとは思ったが、未だに気持ちを切り替えることができないでいた。店内にいるのは、沖島の他に、一番奥の席に座る白いワンピースの女と、カウンターの中でカトラリーを磨くウエイトレスの時田数だけだった。

通常の喫茶店であれば、中学生が何時間も店内にいれば不審がって話しかけてくるものである。だが、数はそうしなかった。沖島にとって、誰にも邪魔されず一人で思い悩むには、ここは最適な場所だった。

沖島は携帯電話で時間を確認した。午後七時半を少し過ぎている。

(もう、こんな時間だったのか……)

この喫茶店の閉店時間が午後八時であることは知っていた。

（……帰ろう）

そう思って、沖島は席から立ち上がろうとした。その時になって、沖島はオレンジジュースにほとんど口をつけていないことに気づいた。氷は完全に溶けて水になり、グラスの上部で透明な膜のようになっている。沖島は、

（せめて飲み干してから）

と、座り直した。

カランコロン

「いらっしゃいませ」

カウベルが鳴り、数が応える。

沖島がいる間に来た初めての客だった。入ってきたのは三十代前半の背の低い男だった。スーツ姿の男は少し息を切らしている。もしかしたら閉店時間を気にして急いで来たのかもしれない。

沖島は閉店まで三十分を切っているのに、男が急いでやってきた理由が気になった。男は入

り口で立ったまま、どの席にも座ろうとせずに息を整えるために深呼吸をしている。数も、男を席に案内しようとはしなかった。

（何かが変だ）

沖島は普通ではない客の雰囲気に何かを感じ取り、オレンジジュースを飲み干すことも忘れて男の動向を見守った。

「あの」

「はい」

「えっと、その……」

男は切羽詰まった表情で数に向かって話しかけたが、言葉を切って、沖島をチラリと見た。まるで、沖島には聞かれたくないことでもあるかのようだった。

しばらくして、しびれを切らしたのか、男は一歩、二歩とカウンターに近づき、

「この喫茶店に来れば、過去に戻れると聞いたのですが、それは本当ですか？」

と、声を落として尋ねた。

九人で満席になる狭い店内である。どれだけ声を落としても、男の声は沖島の耳に入ってきた。沖島は耳を疑った。

（は？　過去に戻れる？　何言ってるんだ？）

男の話があまりに非現実的な内容だったので、沖島は振り向きざまにグラスにひじをぶつけてこぼしそうになった。男の背中越しに数を見ると、表情も変えずにカトラリーを磨いている。

沖島は、

(めんどくさい客が来て、ウエイトレスさんも、どう対応しようかって困ってるんだ)

と、勝手に同情した。

ところが、数は一言、

「戻れますよ」

と、ハッキリ答えた。

あまりにも自然な、当然だと言わんばかりの数の返答に、沖島は男の質問を聞き間違えたのではないかと思った。

(確かに、過去に戻れるというのは本当ですかって聞いたよな? ん? 待て。もしかしてカコという地名があるのか? この喫茶店で、特別な切符か何かを売ってるとか?)

沖島は二人の会話に耳を傾けた。

「では、戻してください！ 私を三日前に！ 取引先との会議に遅刻して、商談がパーになってしまったんです！ うちは小さな会社なので、大損害を受けて倒産しそうなんです！ お願いします！ 私をあの日に、商談に間に合う時間に戻してください！ お願いします！ お願いします！」

沖島は男の話を聞いて、閉店間際に息を切らしてやってきた理由がわかった。だが、それでも過去に戻れるという話には、胡散臭さを感じる。溺れるものは藁《わら》をも摑むというが、会社が倒産しかけているという状況で、現実から逃避しようとしているのではないか。中学三年生の沖島でさえ、

（過去に戻れるなんて、そんな都合のいい願いが叶うなら誰も苦労しない）

と、冷静に心の中で吐き捨てた。

だが、沖島自身も、バレンタインデーの出来事をやり直したいとずっと思っていた。

ほんの一瞬、

（もし、あの日に戻れるなら、やり直せるかも……？）

という思いが頭をよぎった。

（いや、ありえない）

沖島は「戻れますよ」という数の言葉を振り払うように、オレンジジュースを一気に飲み干した。

「ごちそうさま」

沖島は席を立ち、伝票を持ってレジの前に立った。過去に戻りたい男は「この大事な時に話

の腰を折るな！」と言いたげな目で沖島を睨《にら》みつけた。

数はそんな男の気持ちを汲《く》み取るように、

「確かに過去には戻れます。戻れるんですけど……」

と、説明を続けながら沖島の差し出した伝票を手に取った。

「けど？」

男が眉をひそめる。

「過去に戻っても、この喫茶店から出ることはできませんよ」

「え？」

男の表情が曇る。

「あと、過去に戻ってどんな努力をしても、現実を変えることはできません」

数はガチャガチャとレジを打ちながら説明を続けた。

「は？　現実を変えられない？　どういう意味ですか？」

男の顔がみるみる険しくなる。しかし、数はそんな男に目もくれず、説明を続けた。

「仮に過去に戻って、この喫茶店の外に出られたとして、その大事な会議に遅れることなく出席できたとしても、あなたの会社が倒産寸前に追い込まれるという現実を変えることはできません」

「それじゃ、過去に戻っても意味ないじゃないか！」

とうとう、男はすごい剣幕で怒り出した。それでも、数は涼しい顔で一言、

「そうですね」

とだけ答えた。男はブルブルと肩を震わせて、

「なんだ、この店は！　インチキじゃないか！」

と怒鳴り散らすと、ドカドカと足音も荒く出ていってしまった。


カラン！　コロン！


カウベルが激しく鳴り響く。呆気《あっけ》に取られて立ち尽くす沖島に、数は、

「お帰りでよろしいですか？」

と、声をかけた。

その言葉に沖島は違和感を覚えた。レジは打ち終わっている。ならば、

「オレンジジュース代、三二〇円になります」

と、代金を告げ、会計を済ませるはずである。それなのに数は「お帰りでよろしいですか？」と、まるで、沖島がまだこの喫茶店でやることがあるような言い方をした。

沖島の頭の中で声が聞こえる。

（確かめろ）

沖島は、バレンタインデーにカンナが座っていたはずの席に目を向けた。

「本当に、過去に戻れるんですか？」

「戻れます」

沖島の問いかけに、数が即答する。

「ただし、先ほどのお客様に説明したルールの他にも、いくつかのめんどくさいルールがあります」

数はそう言って、手に持っていた伝票を沖島に返すと、レジに打ち込んでいた数字を取り消した。


数が沖島に改めて説明したルールは次のようなものだった。
一、過去に戻っても、この喫茶店を訪れたことのない者には会うことはできない
二、過去に戻って、どんな努力をしても、現実は変わらない
三、過去に戻れる席には先客がいる
　その席に座れるのは、その先客が席を立った時だけ

四、過去に戻っても、席を立って移動することはできない
五、過去に戻れるのは、コーヒーをカップに注いでから、
　そのコーヒーが冷めてしまうまでの間だけ
沖島は数の説明を聞いて、

（これだけのルールを聞いても、過去に戻りたいという人はいるのだろうか？）

と、首を捻《ひね》った。

さっきの男が怒って帰ってしまったのも頷ける気がした。

本当に過去に戻れるかどうか不安ではあったが、カンナがこの喫茶店に来ていたことが沖島の背中を押した。

（たとえ、現実は変えられないとしても、記憶を失う前のカンナに会うことができるなら、バレンタインデーの誤解を解くことはできる。好きだと伝えることもできる。過去に戻れるという話が嘘だとしても、失うものはない。戻ろう、あの日へ）

沖島はそう心を決めたが、いくつか気になることがあった。

「過去に戻るためには、ある席に座らなければならないと言ってましたが、どの席に座ればいいんですか？」

数は沖島の質問に、

「あの席です」

　と、店の一番奥のテーブル席に視線を向けて答えた。その席には沖島が店を訪れてからずっと静かに本を読んでいる白いワンピースの女が座っていた。

「では、あの人が席を譲ってくれれば過去に戻れるんですね？」

「その通りです」

　数の返事を聞いて、沖島は白いワンピースの女をあらためて見た。そろそろコートを羽織らなければ肌寒い季節だというのに、女のワンピースは半袖だった。

（そういえば、いつ来てもこの人は同じ服を着ているけど）

　沖島が訝《いぶか》しんだタイミングで、数が、

「彼女は幽霊なので」

　と、告げた。

「え？」

　沖島は困惑した。だが、白いワンピースを着た女が本当に幽霊なのかどうかを確かめている時間はない。驚きはしたが、あえて、

「そうなんですね」

　と聞き流し、もう一つ気になっていたことを尋ねた。

「コーヒーが冷めるまで、というのは具体的にどのくらいになりますか？　十五分とかですか？　それとももっと短いですか？」

カンナの記憶が戻った場合に備えて、沖島は何度も誤解を解くためのシミュレーションをくり返していた。林田がカンナに好意を持っていたことも含めて、あの状況が不可避だったことをちゃんと説明するのに十五分。カンナが素直に聞いてくれればよいが、そうでない場合、沖島が泉に対してなんの感情も抱いていないと納得させるためにプラス十五分。長くて、合計三十分必要になる。

だが、数の返答は沖島の予想を遥《はる》かに下回る、絶望的な数字だった。

「具体的な時間は私にもわかりません。過去に戻った人たちの話でも、十分はあったという人もいれば、三分なかったという人もいます。人の体感時間というものは非常に曖昧なので、具体的に何分とは答えられないんです」

「なるほど」

沖島は唸《うな》るようにつぶやくと、もう一度、白いワンピースの女が座る席を見た。

（それなら、最悪、好きだということだけは伝えよう）

沖島はそう腹を決めて、

「ルールについては理解しました。お願いします。僕を過去に戻してください」

と、数に頭を下げた。

「わかりました」

白いワンピースの女が立ち上がったのは、その直後だった。

パタリ

静まり返る店内に本を閉じる音が響いた。沖島は驚いて女を見た。

改めて見てみても、沖島がイメージする幽霊とは違う。まず、足がある。女は立ち上がると、テーブルと椅子の間から抜け出て、一歩、また一歩と歩き出した。不思議だったのは、まるで足音がしないこと。音楽の流れていない店内には、柱時計のカチコチと時を刻む音以外に音はない。腕を動かせば、沖島の制服が擦《こす》れる音ですらうるさいほどなのに、女の足音はまるで聞こえてこない。沖島の思い描く幽霊は、日本画などに描かれた、透けた体の、摑もうとしても空気のようにすり抜けてしまうものだった。だが、女の体は普通の人間と変わらず、そこに存在していた。手を伸ばせば触れることもできるだろう。沖島は、肩を叩いて呼びかけてみたいという衝動を抑え、女がトイレに消えるのを見送った。

沖島は白いワンピースの女がどうしても幽霊には見えなくて、

（やっぱり騙《だま》されているのではないか）

という気持ちを拭えなかった。

だが、数に、

「どうぞ、お座りください」

と促されて、さっきまで白いワンピースの女が座っていた席に体を滑り込ませた。数は沖島が席に座るのを確認すると静かにキッチンに姿を消した。

カランコロン

店内には沖島以外、誰もいない。

キッチンの奥から、数の「いらっしゃいませ」という声が聞こえたが、今入ってきた客に届いたかどうか。

沖島は少なからず動揺した。

その客に、「なぜ、その席に座っているのか？」と聞かれるのではないかと思ったのだ。

沖島はキッチンに目をやった。数に早く戻ってきてほしくて、思わず、

「あの……」

と、声をかけそうになった。しかし、世の中の心配事の大半は、自分の勝手な想像である。入ってきたのは客ではなかった。

「え?」

沖島は、かがみながら入ってくる長身の男を見て目を丸くした。

「お、いらっしゃい」

男は沖島を見ると低い声でそう言って、頭を下げた。時田流である。流は白いコック服の上に渋い色合いのスカジャンを羽織り、手には買い物袋を提げている。

「すまん、遅くなった」

流はキッチンに向かって声をかけると、沖島が過去に戻る席に座っていることには一切触れずに、自分もキッチンへと消えた。沖島は流ほど大きな男を見たことがなく、しばらく、流の消えたキッチンに目を向けていた。そうしている間に、入れ替わりに数が戻ってきた。数の手には銀のケトルと白いカップを載せたトレイがあった。その後ろから流が顔を覗かせて、

「高校生?」

と、声をかけてきた。

「ちゅ、中学です」

「何年?」

「三年です」

「そっか。コーヒー、大丈夫？」

「たぶん、大丈夫です」

「飲みにくかったら、砂糖とかミルク入れても温度に影響はないから、安心して」

流はさらに、

「体感的に長い、短いはあると思うけど、おおよそ七分ぐらいで一度カップを手で触ってみるといいよ。過去に戻ったらあの一番端の柱時計の時間を見るといい」

と言って、一番奥の柱時計を指差した。だが、一番奥の柱時計は秒針すら動いていない。沖島は、

「あ、でも……」

と、そのことを指摘しようとした。だがすぐに流は、

「……今はそうだけど、過去に戻ると、あの時計が動いてるから」

と、付け加えた。

なんとも奇妙な話だとは思ったが、それよりも、コーヒーが冷め切るまでの時間がおよそ七分だとわかったことの方が重要だった。

「ありがとうございます」

「うん」

流は糸のように細い目をさらに細くして満足そうに頷いた。

「よろしいですか？」

沖島のテーブルの脇に立つ数が声をかけた。

「はい」

沖島は目の前に置かれた真っ白なコーヒーカップを見た。薄暗い照明の下なのに、不思議にも青白く発光しているように見える。

「では」

数は、そう言って銀のケトルに手をかけると、

「コーヒーが冷めないうちに」

と、ささやくように告げた。

店内の空気が一瞬にしてピンと張り詰めるのを沖島は感じ取った。銀のケトルが円を描くようにゆっくりとカップの上まで移動して、静止する。そして、ゆっくりと傾けると、注ぎ口から褐色のコーヒーが細い線のように一直線に落ちていった。

（本当に過去に戻れるのか？）

沖島は、未だに半信半疑ではあったが、その反面、

（あの日の小崎にもう一度会える）

と、大きな期待にやや興奮してもいた。

やがて、カップにコーヒーが満たされ、注ぎ口から最後の一滴が落ちた。その一滴が満たされたコーヒーの表面に波紋となって広がり、一筋の湯気がふわりと天井に向かって立ち上る。その一部始終を見ていた沖島は、ぐらりと目の前が揺れるのを感じ、ハッと周りを見渡した。

（景色が……）

上から下へと流れている。

まるでゆっくりと動く映画のフィルムを見ているようだった。

二〇一九年　早春

「目が覚めると、あの席に小崎はいました」

沖島はそう言って入り口に一番近いテーブル席を見た。二美子の目もその席を見る。

「まさか、本当に過去に戻れるなんて思ってもいなかったので」

「そうなの？」

沖島の告白に二美子が目を剝《む》いた。

「小崎の姿を見た時は、ほら、よくあるじゃないですか。夢の中で『あ、これは夢だ』って気付くやつ？」

「あ、あるある」

「まさに、そういう感覚だったのを覚えています」

沖島は七年前のことをおかしそうに話した。

「だから、まず、自分の頰をつねってみたんです」

「それ、本当にやる人いるんだ？」

「やっちゃいましたね」

沖島は少しはにかんだ。

昔から、夢か現実かを確認する方法として「頰をつねる」という方法があるが、多くの人は、夢の中でも痛みや匂い、熱などを感じたと答える。だから、厳密に言えば頰をつねって痛みを感じたから現実だと判断するのは正しくはない。そのことを二美子は知ってはいたが、あえて指摘はしなかった。なぜなら、二美子も実際に過去に戻ったことがあるからだ。

「それで？」

「痛かったんです。それにカップを触ると、意外にぬるくて」

「わかる」

二美子も経験したが、過去に戻る時に淹れてもらうコーヒーはなぜか温度が低い。

「慌てて、一番端の柱時計の時間を確認しました。その時、時刻は六時二十一分だったので、まずは三十分になる前に温度を確認しようと」

七年前の沖島は、流のアドバイスに従って時間を計ることにした。二美子はその話を聞いて、中学生なのになかなか冷静だなと感心した。

「それで、誤解は解けたの？」

二美子は結論を急いだ。二美子には、まず結論を聞き、後からその過程を確認しようとする癖がある。

「実は」

沖島は言葉を詰まらせて、頭をかいた。

「誤解を解く話までできなかったんです」

「え？」

二美子は今日一番の大きな声をあげた。

「会えたんだよね？」

「会えました」

「だったら」

「忘れてたんです」

「なにを？」

二美子はカウンター席から立ち上がり、沖島の座るテーブル席に歩み寄った。

「その場にもう一人いたのを……」

「……あ！」

ここまで、沖島の話をずっと聞いてきた二美子にも思い当たる人物がいた。

「放課後、呼び出しに来た？」

「はい。小崎は堀江と二人でこの喫茶店に来てたんです」

二美子は沖島の性格や話しぶりから、七年前、過去に戻った沖島に何が起こったのかを安易に想像することができた。おそらくは美鈴がその場にいたことで、沖島はカンナと二人きりになれず、無駄に時間を費やしてしまったのだろう。沖島は苦笑いしながら、

「七分は短すぎました」

と、つぶやいた。

「そんな……」

二美子は大きなため息をつき、天を仰いだ。

二〇一二年　二月十四日

「沖島?」

名前を呼ばれて沖島は目を覚ました。

「なんでここにいるの?」

入り口に一番近いテーブル席に美鈴がいる。そしてその向かいに座っているカンナの姿が沖島の目に飛び込んできた。

美鈴は上半身を捻り、訝しげに沖島を睨みつけている。無理もない。一番奥のテーブル席に突然、沖島が現れたのだ。この喫茶店のことを知らなければ、手品か、瞬間移動かといった場面で、驚かない方がおかしい。

沖島はというと、それほど驚いてはいなかった。カンナの姿を見た瞬間、

(ああ、これは夢だ)

と、別の解釈でこの状況を受け入れてしまったからだ。

沖島は、推理小説などで描かれる、クロロホルムをかがせて眠らせるシーンを思い出した。

おそらく、カップから立ち上る湯気にそれと同じ効果があり、一瞬にして眠らされたのだと思った。

見渡した店内には、沖島の他、美鈴とカンナ、カウンターの中には白いコック服を着た時田流がいる。

「ねえ？　答えてよ？　なんで、あんたがここにいるの？」

席を立って、美鈴が沖島に詰め寄ってくる。その瞬間、ふわりとシャンプーかなにかのいい香りがした。

（あれ？）

夢の中では痛みや匂いを感じないと思っていた沖島は動揺した。

（夢だよな？）

沖島は自分の頬をつねってみた。

「夢じゃないっスよ」

頬の痛みを自覚する前に、カウンターの中から流の声が飛んできた。

（確かに、痛い。それに……）

沖島は目の前に置かれた白いカップに触れてみた。

（熱……くはない。ぬるい。このコーヒーぬるい）

手に伝わるコーヒーの温度が想像以上に低いことに沖島は驚いた。

「今日は何日ですか？」

沖島は、思わず流に尋ねた。

「二〇一二年二月十四日っす」

答えて流は入り口近くの大きな柱時計を指差した。

（六時二十二分？　いや、二十三分……？　確かコーヒーが冷めるまで、七分とかって言ってたっけ。ヤバいな）

過去に戻る前に流に言われたことを思い出し、急に焦りを感じはじめた。

「いや、えっと、なんて説明したらいいんだ？　あの、実は……」

「あんたが泉のこと好きだって知ってたら、呼び出しに行ったりしなかったのに」

なぜここにいるのかと聞かれたから、それを説明しようとしたのに美鈴は聞きもせず、言葉を被せてきた。

美鈴越しに見えるカンナはずっとうつむいたまま、目も合わせてくれない。

「それは、だから、違う。えっと、林田があの時言ったのは……」

沖島は、カンナの誤解を解くために考えていたことを言葉にしようとした。だが、これが夢ではなく現実であることと、美鈴の攻撃的な態度に動揺して頭が混乱し、うまく言葉が出ない。

「なに？　言いたいことがあるなら言えば？」

「いや、その……」

「ずっと、カンナはあんたのこと好きだったんだからね？」

沖島が困惑していると、美鈴が衝撃的な言葉を投げつけてきた。

「え？」

沖島はその言葉に動揺した。

心臓が「バクバク」と吠《ほ》えているかのように感じ、顔が熱くなる。

ガタン

突然、カンナが立ち上がり、

「私、ちょっと、用事思い出したから」

と言うと、テーブルの上にジャラリと小銭を置いて、そそくさと出ていってしまった。

カランコロン
「カンナ？」

美鈴は自分の言葉でカンナが恥ずかしくなって出ていったことに気づいていなかった。慌ててテーブル席に戻ると、カンナが置いていった小銭を取り上げて、

「いくらですか？」

と、流に伝票を差し出す。

「あ、えっと……」

「あの、お会計は？」

「あ、すいません、……レモンスカッシュと紅茶で九八〇円です」

「じゃ、これで」

美鈴は小銭を自分の財布にしまい、千円札を釣り銭トレイに置いた。流はガチャガチャとレジを打ち、美鈴にお釣りを渡しながら、沖島を気にしてチラチラ視線を送ってくる。

（彼女、帰っちゃったけど、大丈夫？）

流の細い目がそう訴えている。

美鈴はお釣りを受け取ると沖島に目もくれず、店を後にした。

カランコロン

あっという間の出来事だった。

入り口近くの柱時計の針は六時二十七分を示している。コーヒーが冷め切ってしまうまで、まだ、もう少し時間がある。二人が出ていった店内はシンと静まり返っていた。沖島は入り口を見つめたまま動けずにいる。

「ちょっと、待ってて」

流が、カンナを追いかけようとカウンターから出た。

「あ、いいんです」

沖島は力なくつぶやいた。

「いや、でも、せっかく会いに来たのに……」

足を止めた流は入り口と沖島を交互に見た。

(ここは強引にでも追いかけるべきか？　でも、時間が)

流は入り口近くの柱時計を確認する。時間は六時二十八分。

(今追いかければギリギリ間に合うかも)

流はこの喫茶店の店主であるから、これまでにも何人か未来からやってきた客を見ている。それぞれが、それぞれの想いを胸にやってくる。

この少年は十三、四歳だろう。その若さでなんらかの想いを持ってやってきたにもかかわらず、本来の目的を果たせないまま未来へ戻すのは忍びなかった。せめて、自分にできることと言えば、今出ていった二人を追いかけて連れ戻すことだけ。

流が意を決して、

「今、連れ戻してくるから」

と、沖島に向かって告げた時だった。

「あ」

止める間もなく、沖島はコーヒーを一気に飲み干してしまった。

流はコーヒーを飲み干して天井を仰ぐ沖島の姿を見て、なんともやり切れない気持ちになった。

「どうして?」

「いいんです。もう時間でしたし、それに……」

沖島は気持ちを伝えれば、何かが変わると思っていた。

だが、現実はこの後、カンナは事故に遭い、記憶喪失になる。たとえ、誤解を解いたところで現実が変わるわけではない。沖島がカンナに好きだと伝えることができても、カンナはそれすらも忘れてしまう。

（どうして、今になってそんな大切なことに気づいたのだろう？）

沖島は虚しくて、悲しくて、でも、そんな感情を受け止め切れず、

「期待した僕がバカだったんです」

と、力なくつぶやいた。

沖島の言葉に流はギュッと胸を締め付けられた。この店の店主として、何もできないという苛立ちもある。もしかしたら、立ち去る前に呼び止めることもできたかもしれない。止めることができなかったとしてもすぐ追いかけていれば、沖島がコーヒーを飲むことはなかったかもしれない。時田家の人間として、多くの人物と多くの事情を見てきた流だからこそ、たとえ現実を変えることはできなくても、せめて何らかの意味があってほしいと願ってきた。

だが、今回は何もできなかった。

（彼にとって辛いだけの出来事になってしまった）

流は沖島の体が湯気に変わっていくのを見届けることしかできずにいた。

カランコロン

沖島の意識が朦朧《もうろう》としはじめた時だった。突然、カウベルが鳴り、タタタッと誰かが駆け込んでくる小さな足音が店内に響いた。

「！」

流が振り向くと、息を切らしたカンナが立っていた。

「沖島くん！」

「小崎……」

この時、沖島の体はすでに半ば湯気に変わっていた。だが、まだ、意識はある。カンナは沖島のいたテーブルの前に駆け寄り、

「沖島くん、好きです！　私と付き合ってください！」

それは店中に響き渡る大きな声だった。迷いのない、まっすぐな目で沖島を見ている。

「小崎！」

沖島も叫んだ。だが、コーヒーを飲み干してしまった沖島の意識はどんどん遠のいていく。

残り時間はあとわずか。

「俺も……」

沖島は「好きだ」と伝えようとして思い止《とど》まった。

（今、気持ちを伝えても忘れてしまうなら……）

沖島は上昇する体をその場に留めようと抗《あらが》った。だが、周りの景色が上から下へと流れ、どんどんカンナが見えなくなる。

（……つ、な、げ、るんだ！　小崎が今日のこの日のことを思い出す日まで！）

沖島は薄れゆく意識の中で、力一杯叫んだ。

「ホワイトデーにここで待ってる！　何年経ってもホワイトデーにここで待ってるから！　思い出したら、会いに……」

だが、すべてを言い終える前に湯気になった沖島の体は天井へと吸い込まれていった。

「え？　沖島くん？」

湯気が消えるとその下から、白いワンピースの女が現れた。カンナは今目の前で起きた出来事が理解できずに、背後に立つ流を見た。

「あの、沖島くんは？　沖島くんはどこへ？」

カンナの問いに、流はしばらく天井を見つめていたが、やがて細い目をさらに細めてほほえみ、

「きっと、ホワイトデーに来てみれば、わかるんじゃないスかね？」

と、優しく答えた。

「え？　え？　それじゃ、もしかして、ずっと待ってるの？　彼女が記憶を取り戻して、ここに現れるのを？」

「……はい」

沖島は恥ずかしそうに言った。

カンナの記憶が戻る保証はない。たとえ記憶が戻っても、この店に来るとは限らない。なぜなら、この七年間、記憶を失っている間にも、日々の生活があったからだ。その間に好きな男性ができていてもおかしくはない。それも覚悟の上で、沖島は毎年三月十四日のホワイトデーにはここを訪れているのだ。

二〇一九年　早春

店に現れた沖島に対して、流が言った、

「もうそんな時期になりますか？」

という言葉と、沖島が過去に戻る席に背を向けて入り口を見守るように座った意味を、二美子はようやく理解した。

（七年も……）

二美子の瞳がうるうると輝いた。夢を追いかけるために二美子に別れを告げ、アメリカに旅立った五郎に会いに行くために過去に戻った二美子は、五郎から、

「三年待っててほしい」

と告げられた。帰ってきたら結婚しようと。

五郎の夢はMMRPGというゲームの開発だった。だが、三年後、アメリカから戻って来た五郎は、その実力を認められて今度はドイツに旅立った。いつ戻ってくるかはわからない。

二美子は五郎の夢を応援したいと思っている。だが、離れて暮らす寂しさも感じていた。

（私は贅沢《ぜいたく》だ）

離れているとはいえ、想い合っており、五郎との未来に疑いはない。再会できるかどうかわからないカンナを待ちつづけている沖島とは違う。二美子は喫茶店の入り口を見た。カウベルが鳴って、沖島の思い人が現れることを心の底から願った。

「仕事、戻らなくて大丈夫なんスか？」

流が、奥の部屋でミキを寝かしつけて戻ってきた。

「あ！」

常連客である二美子は真ん中の柱時計で時間を確認する。時間は午後二時四十五分。会社に戻ろうと思っていた時間を三十分ほど過ぎていた。

「戻らなきゃ！　でも」

沖島の待ち人が現れるかどうか見届けたい衝動に駆られ、二美子は子供が駄々をこねるように足を踏み鳴らした。

「コーヒー代、三八〇円です」

レジに立つ数が無情にも会計を促した。

「うー」

「時間、時間」

「わかってます」

流の言葉に、二美子はようやく重い腰を上げて会計を済ませた。沖島はそんな二美子を見て、苦笑いを浮かべた。

二美子は入り口まで行くと、くるりと向き直り、

「来ますよ、きっと」

と、沖島にほほえみかけた。

「だと、いいんですけど」

答えて、沖島は自分の言葉にハッとした。

これまで沖島はこの話を友人たちに話したこともあった。だが、そもそも過去に戻ったことを信じてすらもらえなかったし、カンナが記憶を取り戻しても、沖島の前に現れる可能性は低いという否定的な意見が多かった。二美子のように「来る」と言ってくれた者はいない。そして、この七年で自分自身も心のどこかで「来ないかもしれない」と思っていることに気づかされた。

沖島が顔をあげると、二美子はもう一度、力強い口調で、

「大丈夫です。絶対来ます」

と、言って拳を握ってみせた。

「ありがとうございます」

沖島は立ち上がり、二美子に向かって頭を下げた。


閉店前。

沖島はその日二冊目の小説を読み終えた。店内に客は沖島一人で、背後の席に白いワンピースの女がいるだけ。数は看板を片付けるため、出ていったばかりである。

ボーン、ボーン、ボーン、ボーン

真ん中の柱時計が午後八時の鐘を打ちはじめた。沖島は小さなため息をつくと、二冊の本をカバンにしまうために立ち上がった。

ボーン、ボーン、ボーン、ボーン

その間、鐘が八回鳴り響いた。
沖島は店内をゆっくりと見回した。淡い電球色のランプシェードに浅黄色の土壁、深みのある黒に光る梁《はり》や柱。天井で回る木製のシーリングファン。七年前に初めて訪れた時と少しも変わらない。まるでここだけ時間が止まっているかのように思えて、一瞬、中学生の頃の自分が重なり合うような錯覚を起こした。

カランコロン

カウベルが鳴った。看板を片付けに行った数が戻ってきたのだと思った。沖島は伝票を手に、店の入り口に向かって、

「ごちそうさまでした」

と、声をかけた。

だが、入ってきたのは数ではなかった。そこに立っていたのは、やや長身の大人しそうな女性だった。沖島の手から伝票がヒラヒラと落ちた。

二人はお互いの目を見たまま動かない。

「……待った？」

「いや」

沖島は答えて、カバンからリボンをかけた箱を取り出し、

「ホワイトデーだから……」

と、女性に差し出した。

女性は静かにほほえんで、箱を受け取る。

「嬉しい」

カチリ

柱時計の長針が音を立てて一つ進み、二人の時間も再び動き出した。

第二話　完

第三話

自分の未来を知りたい女の話

「最近、数《かず》さん、ちょっと変じゃないですか？」

唐突に、清川二美子《きよかわふみこ》が時田流《ときたながれ》にささやいた。こんなことは数に面と向かって言えないので、二美子は流と二人きりになるのを見計らっていた。

「え？」

直前まで、二美子は自分の会社の新入社員が五月病で何人も辞めてしまって胃が痛いなどと、まったく別の話をしていたので、流にとってそれはまさに寝耳に水とも言うべきものだった。

「気づいてなかったんですか？」

「いや、えっと……まったく」

流は素直に認めた。

「最近、数さん、よくボーッとしてますよね？」

「え？」

「上の空というか、心ここに在らずというか、なんて言ったらいいんだろ。とにかく変なのよ」

「そうっスか？　あいつは昔からそんな感じっスけど……」

流と数は従兄妹《いとこ》である。二人は幼少期から一緒に育てられた。数は流のことを「兄貴」と呼ぶし、流も、数の母が帰ってこない存在になってから、数のことを実の妹のように面倒を見てきた。数がボーッとしているのは、昨日、今日に始まったことではない。流は二美子の意図を汲《く》み取れず、首を傾《かし》げた。

「もしかして……」

二美子は必要もないのに声をひそめた。

「新谷《しんたに》さんが来るのを待ってるとか？」

思いもよらない言葉に流は眉をひそめて、

「刻《こく》くんを？」

と聞き返した。

刻が数に思いを寄せていることは、二美子も、そして、流も気づいている。刻が大学の文化祭で数の絵に興味を持ち、この喫茶店を訪れるようになってから七年が経《た》った。刻は以前、数に交際を申し込んだことがある。残念ながら、その想《おも》いは成就しなかったのだが、流はその現場に立ち会っていた。

（あれは確か、刻くんがこの店に来るようになって、半年ほど経った頃だったな）

目の前に流もいるというのに、刻は来店して開口一番、

「僕は君にとても興味があります。僕と付き合ってみませんか？」

と、臆することなく言い放った。面食らったのは流だった。

（この二人、いつの間に親密な関係になってたんだ？）

そんな流の驚きをよそに、数は表情も変えずに、

「私はあなたのことを何とも思っていませんし、今後、どんなことがあろうともあなたの気持ちを受け止める資格はありませんのでお断りします」

と言った。

（え？）

流は、「今後、どんなことがあろうとも」と言い放った数を見た。

（要《かなめ》さんのことを、今でも気にしている）

要とは数の母親で、今は幽霊となり、白いワンピースの女として過去に戻れる席に座りつづけている。要は数が七歳の時に、亡くなった夫に会うために過去に戻ったまま帰ってこなかった。その時、要にコーヒーを淹《い》れたのが数だった。以来、数は母親を幽霊にしてしまった自分を責めつづけている。刻からの告白を「資格がない」と拒否するのは、自分には幸せになる資格がないということなのだと流は考えていた。

そんな数が、二美子の言うように、

（刻くんが来るのを待ってるなんて、あり得ない）

流はそう思った。

二美子は、刻が数に告白したことも、刻がフラれたことも知らない。二美子の目に映る数は、常に「人と関わるのが苦手な口数の少ないウエイトレス」である。その数が刻の来店を待っているように見えたという。二美子にも確信があるわけではない。気のせいかもしれないし、そうだったらおもしろいという願望かもしれない。

二美子は、そう言ってはみたものの、流の反応を見て、突拍子もないことを言ったと思ったのか、

「いや、数さんに限ってあり得ないか……。忘れてください」

と、前言を撤回し、飲みかけのコーヒーに手を伸ばした。

カランコロン

二美子の話が一段落ついたタイミングで、カウベルが鳴った。いつもならすぐに反応する流だが、入って来た客に、

「あの、大丈夫ですか?」

と声をかけられてから、やっと、

「あ、いらっしゃいませ」

と応えて、中央のテーブル席に座るよう促した。

「どうぞ」

流は水のグラスを置いて、メニューを差し出した。

「何にしますか？　メニューにないものでも、材料さえあればお作りすることはできます。ご希望があれば何なりと」

その客は、メニューにないものでも作れると言われたことより、目の前に立った流の大きさに目を奪われていた。流は身長二メートル近い大男である。水のグラスも、流が持つとお猪口《ちょこ》のように小さく見える。二美子は、流を見上げる客の顔を見ながら、

（私も初めてこの喫茶店に来た時は、流さんを見てあんな顔してたんだろうな）

と、昔を懐かしむようにほほえんだ。

だが、その客は、偶然この喫茶店に迷い込んできたわけではなかった。

「あの、ここに来れば未来にも行けるとお聞きしたのですが、それは本当ですか？」

客は加部利華子《かべりかこ》と名乗った。小柄な女性で、年齢は二美子と同じ三十二歳だというが、涙袋がくっきり浮き出た童顔は二美子より四、五歳若く見える。キリリとした美人顔の二美子とは対照的で、少女のようにかわいらしい。

「未来にですか？」

尋ねたのは二美子である。

「は、はい」

カウンター席に座る、店員ではなさそうな二美子に話しかけられて、利華子は戸惑いながらも首を縦に振る。

「この喫茶店、初めてよね？」

「……はい」

「ルールのことは知ってるの？　未来に行く場合に気をつけないといけないこととかは？」

二美子は利華子が同い年だと知って、なれなれしい言葉遣いをしている。普段から人見知りするタイプではないが、この店に通いはじめて四年になる二美子は、店員かのようにふるまうようになっていた。

「一応、知人から教えてもらいました」

利華子は、

（この方の質問に答えてもいいのでしょうか？）

と、店主である流を窺《うかが》うように答えた。初対面の二美子を警戒している。だが、二美子はそんな利華子の顔色に気づく様子はなく、

「え？　知り合いに？　誰、誰？　私の知ってる人？」

と、続けた。悪気がないのはわかるが、部外者に質問攻めにされるのは気分のいいものではない。しかし流は利華子の戸惑いに気づく様子もなく、二美子を放置している。利華子は心の中でため息をつき、

「実は、以前、この近所でスナックのママをされていた、平井八絵子《ひらいやえこ》という方に聞いたんですけど……」

と、二美子の質問に答えた。

「平井さん？　え？　ウソ！　本当に？」

その名前を聞いた途端、二美子は椅子から立ち上がり、飛び跳ねて喜んだ。

「ご存じなんですか？」

「ご存じもなにも、私が初めてこの店に来た時に、ここのルールを説明してくれたのが平井さんだもん」

「では、あなたも未来に？」

「いや、私は過去だけど」

「そうですか」

二美子が平井の知人で、しかも、過去に戻ったことのある経験者だとわかり、利華子の表情から若干ではあるが警戒心が消えた。

平井はかつてこの喫茶店の常連客だった。二美子が過去に戻ったのと同じ年に、交通事故で亡くなった妹に会うために過去に戻っている。その後、店を閉めて故郷の仙台に戻り、実家の老舗旅館「たかくら」を継いで、今は女将《おかみ》として働いていた。

「平井さんとは、どちらで？」

この時になって初めて、流が会話に加わった。

「あ、それ、私も聞こうと思ってた！」

興奮冷めやらぬ二美子は、断りもなく利華子の向かいの席に腰を下ろした。

「平井さんは高校の時の部活の先輩で、去年、地元でお会いする機会があったんです」

「部活の先輩？　平井さんが？」

「はい」

「ちなみに何部だったの？」

「華道部です」

「生け花？」

「はい」

「えー！　平井さんが花を生けてるところなんか想像できない！」

二美子が初めて平井に会った時、平井は和装などしそうもないような、派手な格好をしていた。生け花というと、着物を着た、清楚《せいそ》でしとやかな女性がするものというイメージを持っている二美子としては、平井が華道部というのは意外だった。だが、スナックのママをしていた時の平井を知らない利華子は、

「平井先輩は華道だけじゃなく、琴やお茶もやってらして、華道コンクールに出れば必ず優勝してて、とにかく地元じゃ神童って言われるくらいすごい方だったんですよ！」

と、反論した。その瞳には平井への尊敬と憧れの念が込められていて、二美子を責めているようにも見えた。

「へ、へぇ、そうなの？　すごかったんだね、平井さんて……」

二美子は利華子の迫力に気圧《けお》されて、肩をすぼめた。二美子は華道や琴、茶道には縁がなかったため、平井のすごさがわからないのだ。

そんな二人のやりとりを聞いていた流が、

「あの、未来に行っても、会いたい人には会えないかもしれませんよ？」

と、話を本題に戻す。

この喫茶店は過去に戻れるということで噂《うわさ》になっているが、実は未来にも行くことができる。だが、未来に行く客は少ない。なぜなら、行きたい未来のその時間に、会いたい人が店にいるかどうかはわからないからだ。たとえ、何年後の何月、何日、何時にこの店に来ることを約束

していても、その時に何が起きるかわからない。仕事が長引く、交通渋滞、台風で電車が動かない、そもそも約束を忘れてしまう可能性だってある。過去や未来にいられるのはコーヒーが冷め切るまでというとても短い時間なのだから、約束の時間に遅れれば、会える可能性はぐんと低くなる。しかも、過去や未来には一度しか行くことができない。一度行って会えなければ、もう二度とチャンスはない。未来に行くということは、それらのリスクを負うことになる。利華子がこの喫茶店のルールに詳しい平井に話を聞いたのであれば、そのことも説明されているだろう。流の問いはその確認であった。

「はい。わかっています」

利華子の目に迷いはなかった。

利華子は高校卒業後、父親の転勤で仙台を離れ、山梨県に引っ越した。

大学を卒業した後も山梨に留《とど》まり、旅行代理店に就職した。

子供の頃から電車が好きだった利華子は、毎月発刊される時刻表を必ず購入していた。そこには電車の時刻表だけでなく、主要駅の構内図や、国内線の航空ダイヤも掲載されている。

利華子の趣味は、時刻表を使って頭の中で様々な電車を乗り換えて旅をすることだった。高校の修学旅行で長崎県に行った時、自由行動で、友人がスマートフォンのアプリで検索したルートよりも、利華子が時刻表から導き出したルートの方が時間を短縮できたというエピソードは、友達の間で伝説と化している。そんな利華子にとって、旅行代理店での仕事は天職と言えた。

就職後も、綿密な旅行計画と時間管理を評価され、二十八歳の若さで支店長、三十歳で甲信越地方のエリアマネージャーを任されるまでになっていた。

利華子が平井と再会したのは半年ほど前だった。

普段、利華子はエリアマネージャーとして企画運営に携わっているのだが、時々、お客様の声を直《じか》に聞くために小規模旅行に添乗することがある。半年前、仙台への旅行に添乗することになり、泊まったのが、平井が女将を務める旅館「たかくら」だった。

「加部ちゃん、久しぶり〜」

客を迎えに出てきた平井はすぐに利華子に気づいて、気さくに声をかけてきた。利華子の方は、連絡が取れなくなってから十数年経っていたために、しばらくその女将が平井だとは気づかなかった。

「私よ、平井！　華道部の！」

「あ……」

利華子の脳裏に高校時代の平井の姿が蘇《よみがえ》る。

（確か、家出して、東京に行ったと聞いてたけど……）

平井が女将を務めていることを知らなかった利華子は、驚きを隠せなかった。しかし、仕事の最中である。客を待たせるわけにはいかない。

利華子は、他人行儀に頭を下げて、

「ご無沙汰しております。こちら、本日お世話になります、蜷川《にながわ》商店の皆様でございます」

と挨拶をした。

平井も利華子の意図をすぐさま悟り、

「いらっしゃいませ。当館の女将を務めております、平井と申します」

と、丁寧に頭を下げた。利華子は平井の対応にホッと胸を撫《な》で下ろした。ただ、平井は客を案内する際、利華子の耳元で、

「後でね」

と囁《ささや》き、チョンと小さくウインクをして見せた。なんとも艶《あで》やかで、女の利華子でもドキリとした。このウインクさえなければ、利華子はいつものようにそつなく仕事をこなし、立ち去

っていたに違いない。だが、小さなウインク一つで利華子の心は恋する乙女のようにギュッと摑《つか》まれてしまい、

（このまま会えなくなるのは寂しい）

そんな気持ちになっていた。だが、添乗員の仕事に休息はない。それは女将である平井も同じだった。結局、二人は再び会うことなく、一夜明けてチェックアウトの時間となった。利華子は「後でね」という平井の言葉が、ずっと頭の片隅に引っかかっていた。だが、心のどこかで、それが社交辞令であるとあきらめもしていた。同じ華道部だったといっても、十七年前の話である。お互いに歳《とし》をとり、交友関係も広がった。偶然の再会で昔の懐かしい思い出を語り合うほどの関係を築いてきたわけでもない。

（数日もすれば、先輩も私のことなんか忘れてしまうに違いない）

利華子は客たちに「忘れ物はありませんか？」と声をかけて回り、チェックアウトのためにロビーへと向かった。

（でも……）

利華子は本心では平井と話したいと思っていた。しかし、利華子は自分から平井を捜そうとはしなかった。その結果、バスに乗り込む時間になってしまった。客の人数を確認して、

「お願いします」

と、運転手に発車の合図を出す。平井が「後でね」とさえ言わなければ、こんな寂しさを覚えなくてすんだのにと複雑な気持ちだった。

だが、その時、

「加部ちゃーん」

と利華子の名前を呼ぶ声が聞こえてきた。

「ごめんなさい。止めてください」

利華子は咄嗟《とっさ》にバスの運転手に声をかけた。何事かとざわめく客に頭を下げてバスを降りると、着物姿で走ってくる平井の姿が見えた。

「先輩！」

「ご、ごめんね。久々に会えたからゆっくり話したかったんだけど、なかなか時間作れなくて」

平井は息を切らして利華子の手を取った。

「そんな……」

利華子は寂しい気持ちになったことを平井のせいにしていた自分が恥ずかしかった。だが、それ以上に平井が時間を作ろうとしてくれていたことが嬉《うれ》しかった。

「これ、読んで」

平井はそう言って利華子に一通の手紙を渡した。

「え？」

「さ、さ、バスに戻って。お客様をお待たせしちゃ悪いから。運転手さん、ありがとう。皆さま、申し訳ございません」

平井は利華子が後で責められないように、すぐさま利華子をバスに戻して発車を促した。

「先輩」

「連絡ちょうだいね。待ってるから」

平井はそう言って、走り出すバスに向かって手を振った。時間にして一分にも満たない、あっという間の出来事だった。

その日の夜、利華子は平井からの手紙を読んだ。冒頭には利華子が華道部に入部した日のことが書かれていた。

緊張で自己紹介の時に、

「加部利華子です。高校一年生です」

と、新入生なのだから当然のことを言って笑いを誘ったことや、部活で利華子が平井に質問したこと、電車の時刻表を毎月買っていると話したことも綴《つづ》られていた。手紙は便箋八枚にも及び、結びには、

「加部ちゃんは将来、きっと、旅行関係の仕事に就くだろうなと思っていたから、十七年ぶり

にこうして立派な添乗員になった加部ちゃんに会えて嬉しかった。なにか困ったことがあったら何でも相談してね。八絵子」

とあり、電話番号も書かれていた。

手紙には書き手の気持ちが宿る。平井は女将の仕事をこなしつつ、わずかな時間を使って手紙を書いていた。利華子が待っているだけだった間に、平井は「後でね」と言った約束を手紙を綴ることで果たしてくれていたのだ。利華子は改めて平井の人となりを知り、やはり尊敬すべき先輩だと思いながら、そっと涙を拭いた。

「さすがっスね」

利華子の話を聞いていた流が、腕組みをして鼻息荒く感心した。この喫茶店の常連客だった頃、平井の経営するスナックは連日客が絶えたことがなかった。かつて平井は、一見《いちげん》の客であっても、顔や話した内容をすべて覚えていると流に語ったことがある。

その時、流は、

（まさか、そんなことができるとは思えない。平井さんは話を盛っている）

と思ったが、嘘《うそ》ではなかった。平井は利華子との思い出も鮮明に覚えていた。十七年も前の思い出なのに、である。

だが、一つだけ疑問が残った。流は利華子と平井との再会のくだりに夢中で気づいていなかったが、

「それじゃ、いつ、平井さんにこの喫茶店の話を聞いたの？」

と、二美子が突っ込んだ。

「あ、そういえば。手紙に書いてあったんですか？」

流が続ける。

「いえ、実は平井先輩にこの喫茶店のことを聞いたのは、つい最近なんです。プライベートで相談したいことがあって、仕事を休んで仙台に会いに行った時にたまたま聞いて、それで興味が……」

「平井さんからは未来へ行くリスクというか、会いたい人に会えないかもしれないという話は聞いた？」

「はい。聞きました」

「それでも未来に行きたいと？」

「はい」

「どうして？　あ、もちろん、話したくなければ話さなくていいのよ？」

二美子の問いで話が戻った。そう言いつつ、利華子が、なぜ、未来に行きたいのかが気になるようで、言葉とは裏腹にその目は話してほしいと訴えている。

「単純に、未来に行ってみたいというか……」

「それだけ？」

「はい。でも、せっかく未来に行くなら、証拠として、電車の時刻表を持って帰ってこられないかなって」

「時刻表？」

「あ、これです」

利華子はそう言って、バッグの中から二センチ程度の厚さの本を取り出した。

「なにこれ？」

「時刻表です」

「あ、ごめんなさい。それは見ればわかるんだけど。これ、月刊ってあるけど？」

「はい。毎月出てます」

「毎月？　え？　電車のダイヤってそんな頻繁に変わるものなの？」

「それはもちろん。私は毎月買い直しています」

当然ですとばかりに言い切る利華子に、二美子は興味がないことを悟られないように「へー、すごいね」とだけ答えた。

「でも、その、時刻表を未来に行ってどうやって手に入れるんですか？　未来に行っても、この喫茶店から出ることはできないっスよ」

流が素朴な疑問を投げかける。だが、利華子はその答えもすでに用意してあるらしく、慌てる様子も見せずに、

「それなら、店長さんにお願いすればいいって……」

と言ってニコリと笑顔を見せた。

「平井さんがそう言ったんスか？」

「はい」

「なるほど」

流は平井の入れ知恵に半分感心し、半分呆《あき》れて、小さなため息をついた。

二美子は手を叩《たた》き、声をあげて笑った。

「お願いできますか？」

「その時刻表は、どこで売ってるんスか？」

もはや断ることなどできるわけもなく、流は利華子の願いを聞き入れることにした。

だが、流の表情は明るかった。なぜなら、未来に行きたい理由が好奇心だからだ。この喫茶店に来る客の多くは、取り返しのつかない後悔を抱えている。平井も交通事故で亡くなった妹に会いに行くために過去に戻ってはいるが、

過去に戻って、どんな努力をしても現実は変わらない

というルールがあるために、送り出す側の流も辛《つら》い思いをした。

その他にも、めんどくさいルールを聞いて過去に戻ることをあきらめた者もいる。だから、利華子のような客は珍しかった。流の妻の計が、自分の娘であるミキに会いに行った時のように、会いたい人がいるのではなく、未来の時刻表が欲しいだけなのだ。それなら、この約束を流が覚えているだけでいい。手間と言ってもたいしたことではない。平井や計を送り出した時に比べれば気持ちは楽である。

「時刻表は大きな書店であれば、どこでも売っているので」

「了解っス」

流は頷《うなず》いて、改めて利華子が行こうとしている未来の日時を書き留めるために、メモ用紙とペンをレジ下の引き出しから取り出した。

「で、すみません。もう一度、いつ行くのか聞かせてもらってもいいっすか？」

「流さん、気が早くないですか？　彼女、まだ……」

そう言って、二美子は白いワンピースの女を見た。その視線を流が追う。

「あ、確かに」

流は、「過去や未来に行くためには、白いワンピースの女がトイレに立つために席を離れるのを待たなければならない」というルールを忘れていたことを恥じて頭をかいた。

「あの人がトイレに立つタイミングはわからないんでしたっけ？」

利華子が尋ねる。その話も平井から聞いていた。

「そうなんです。確か今日はまだトイレには立ってませんから、少しお待ちいただくことになるかと……」

流は真ん中の大きな柱時計を見た。時刻は午後六時を少し回ったところだった。この喫茶店には三つの柱時計があるが、正確に動いているのは真ん中の柱時計だけで、あとの二つは遅れていたり、進んでいたりする。

「お店が閉まるのは何時ですか？」

「八時っスけど、待つというのであれば何時までいていただいても大丈夫スよ」

「助かります」

「お泊まりは？　近くのホテルとかっスか？」

流は利華子が山梨から来ていることを気にしていた。白いワンピースの女は、一日に一回必ずトイレには行くが、時間の境目は曖昧である。白いワンピースの女にとって、午前〇時が一日の境目ではない。夜中の一時を回る時もあるし、明け方になる場合もある。その数時間後に再びトイレに立つ時もある。おそらく、一年に三六五回トイレには行っているが、一回多いかもしれないし、一回少ないかもしれない。その程度の精度であった。流は、利華子が日帰りのつもりではないかと心配していた。

「あ、はい。駅前のビジネスホテルにチェックイン済みです」

「なら、安心スね」

「はい」

利華子は笑顔で答えた。

だが、利華子が未来へ時刻表を受け取りに行くと言ったのは嘘だった。利華子が未来へ行く目的は、他にあったのだ。

利華子が平井にこの喫茶店の話を聞いたのは一か月ほど前に遡る。

仙台では、四月に入ってから桜が咲きはじめる。観光シーズンの繁忙期ではあったが、利華子は会社に無理を言って休みをもらい、仙台市青葉区の旅館「たかくら」を訪れた。

旅館の裏口で待っていると、真っ赤な花柄のシャツに真っ白なスキニージーンズをはいた平井が現れた。和装の時とは別人のようで、毛先をカールさせたロングヘアに、化粧は薄めだが唇だけが真っ赤に艶めいている。肩からハイブランドのショルダーバッグをかけ、手にはボア付きのコートを持っている。

「お待たせ」

「無理言ってすみません」

利華子は白いシャツにパステルカラーのカーディガン、長めのデニムスカート姿で、二人が並ぶと姉妹というよりは親子のように見える。

「私の休みに合わせてもらってごめんね」

「いえいえ、押しかけたのは私の方ですから」

「ひとまず、何か食べに行こっか？」

「はい」

しばらくすると、二人の前にタクシーが止まり、ドアが開いた。利華子がタイミングのよさに驚いていると、平井は颯爽《さっそう》と乗り込みながら、

「タケちゃん、古龍庵《あん》までお願いね」

と、運転手に告げた。おそらくは、平井が「たかくら」を出る前に呼んだのだろう。運転手とは顔見知りのようだ。利華子は平井の段取りのよさに惚《ほ》れ惚《ぼ》れし、その横顔を見つめながら、

（きっと、先輩なら私の相談にも最適解を出してくれるに違いない）

と思った。

古龍庵は、「たかくら」の近くにある平屋建ての高級料亭で、伝統的な日本料理を提供する平井の馴染《なじ》みの店だった。店内は落ち着いた雰囲気で個室もあり、季節ごとの美しい庭園を楽しむこともできる。

到着すると、一番奥の部屋に通された。夕食時でないせいか客もまばらで、通されたのは窓のない、四畳半の小さな部屋だった。仲居は、

「お食事は後ほど」

とだけ言い、丁寧に頭を下げると静かに姿を消した。平井は座卓を挟んで腰を下ろすと、

「で、どうしたの？」

と、すぐさま本題に入った。その時になって利華子は平井が、この日のためにこの部屋を予約してくれていたことに気がついた。

【ちょっと相談したいことがあるのですが、会ってお話聞いてもらえませんか？】

利華子が平井にメールで送ったのはこれだけである。

普通、これでは話の重要度はわからない。だが、平井は二人きりになれる場所を用意した。人は重要な話に限って切り出しにくくなり、無駄な話が多くなりがちである。話をする環境にも影響される。もし、平井が利華子を賑《にぎ》やかな飲食店や、逆に静かすぎて店員や他の客に会話が筒抜けの場所に連れていったりしていれば、やはり話を切り出すのは困難だろう。こうして、ゆっくり話ができるのは、二人きりになれる料亭の個室を予約し、事前に仲居にも話を通していた平井の心遣いがあってこそである。

その上で、平井に「どうしたの？」と聞かれれば、話さないわけにはいかない。もし、利華子の話が大したことでなかったとしても、平井の性格ならカラカラと笑い飛ばしてくれるだろう。利華子は改めて、平井の人間力に魅了された。

そして、回りくどい説明は不要だと判断した。

「実は、二年ほどお付き合いしている彼からプロポーズをされたのですが、私、健康診断で癌《がん》が見つかったんです。五年生存率は六割だと言われました」

昨晩は、こんな話を平井にするべきではないのではと、何度も自問自答して、一睡もできなかった。誰だって、いきなり「癌です」と告白されれば困惑するに違いない。だが、親や姉、まして、恋人に相談することはできなかった。

（親には心配をかけたくない。姉に相談すれば間違いなく両親にバレる。彼にはプロポーズされたばかりなのに、こんな悲しい現実を突きつけるのは正直辛い）

そんな時、ふと平井の顔が浮かんだ。平井なら近からず、遠からず、程よい距離感だと思ったのだ。

（近しい友達や会社の同僚だと、どこかでつながっていてバレる可能性もある。先輩からすれば迷惑かもしれない。でも私は、誰かに話を聞いてほしいのだ）

そして利華子は、平井に癌であることを告白してしまうと、わんわんと泣き出した。

誰にも相談できず、一人で抱え込んでいた死に対する不安や恐怖が、堰《せき》を切ったようにあふれ出た。

医師には、「医療の進歩は目覚ましく、五年生存率は六割でも、しっかり治療に専念すれば大丈夫だ」と励まされた。藁《わら》にもすがるような気持ちで、インターネットを使って、完治に関連する情報を調べまくった。それでも不安は消えなかった。

「こんな気持ちのまま、彼からのプロポーズを受ける気にならなくて……」

そう言うと、さらに涙があふれてきた。

「そう。それは辛かったわね」

平井はゆっくり立ち上がり、利華子の隣に腰を下ろした。

「私にできることなら何でもするから。大丈夫。大丈夫だから」

平井はそう言って、利華子の頭を引き寄せた。

平井の胸を借りて泣いているうちに、少し落ち着き、利華子は自分の気持ちを言葉にした。

「私、きっと、死ぬことよりも、病気で彼との結婚をあきらめなければならないことの方が悲しいんだと思います」

「断るつもりなの？」

「先輩なら言えますか？　死ぬかもしれないけど結婚してほしいって」

平井の質問に対して、利華子はつい声を荒らげた。

「あ……」

だが、すぐに後悔した。平井に悪気がないことはわかっているし、当たるつもりはなかったからだ。

「す、すいません」

「いいのよ」

平井は取り乱すことなく、

「確かに。私も言えないかも」

と、答えた。

だが、それが、平井の優しい嘘であることに、利華子は気づいていた。それから、しばらくして平井は仲居を呼び、食事を運ばせた。

「おいしいもの食べたら、人は元気になるから。さ、食べよ」

平井は、そう言って「いただきます」と、手を合わせた。利華子の瞳からまたポロポロと涙がこぼれ落ちた。


平井から過去に戻れる喫茶店の話を聞いたのは、この時である。初めのうち、利華子は半信半疑だった。だが、平井自らが過去に戻ったという話を聞いているうちに、

(まるで、おとぎ話のようだけど、先輩が嘘をついているとも思えない。もし、作り話であったとしても、先輩が通っていたという神保町《じんぼうちょう》の喫茶店には一度行ってみたい)

と思いはじめた。

元々、旅行好きの利華子は、旅先で喫茶店を巡るのを趣味としていた。その街の住人が集う喫茶店に入って同じ時間を過ごすことで、自分もその街に溶け込んでいくような感覚が好きだった。それは、利華子に癒しと安らぎを与えてくれる。

（窓のない地下二階の喫茶店。シェードランプで照らされた薄暗い店内と、天井まである大きな柱時計が三つ。魅力的な従業員とおいしいコーヒー。そして、その喫茶店に行けば過去に戻れるなんて、素敵な設定だなぁ）

利華子は、一時、病気のことを忘れ、

（もし、私が過去に戻るとしたら、いつに戻るだろう？）

と、その喫茶店に想いを馳《は》せた。

「でもね、過去に戻るためには、めんどくさいルールがあるのよ」

「ルール？　一体、どんなルールがあるんですか？」

古龍庵での食事も終盤に差し掛かった頃、平井は利華子に過去に戻るためのルールの説明を始めた。利華子は、平井の話を完全に信じているわけではなかったが、こういった空想も嫌いじゃないと、耳を傾けた。

「まず、過去に戻っても、この喫茶店に来たことのない人には会うことができない」

平井はルールが複数あることをわからせるために、手のひらを出して、親指を折ってみせた。

「二つ目、過去に戻ってどんな努力をしても現実を変えることはできない。三つ目、過去に戻るためには白いワンピースを着た女性がトイレに立つのを待って、その空いた席に座らなければならない」

続けて人差し指、中指と折ってみせる。

利華子は説明を聞きながら、

（トイレ待ち？　その女性は一体何者なの？）

と首を傾げた。

平井はさらに薬指と小指を折りながら、

「しかも、過去に戻っても、その席からは立ち上がることができないし、制限時間もある」

と続けた。

「制限時間？」

「過去に戻れるのは、数ちゃんって子が淹れてくれるコーヒーがカップに注がれてから、冷め切ってしまうまでの間だけなのよ」

平井はお猪口に日本酒を注ぎながら、苦笑いを見せた。

「え？　そんなに短いんですか？」

「あっという間よ」

「ですよね？」

「だから、全部のルールを聞いて、それでも過去に戻りたいっていう人はほとんどいないのよ」

平井はそう言って、酒を一気に飲み干した。

さっきまで自分が過去に戻れるなら、どの時代に戻って何を見に行こうかと考えていた利華子も、そのルールを聞いて、興味のほとんどを失ってしまった。


その後、二人は居酒屋を三軒、バーを二軒ハシゴして、夜中の三時すぎまで飲みつづけた。どの店も平井の行きつけで、古龍庵同様、二人だけで話せるように個室へと通された。東京でスナックを経営していた平井は、自分のことを酒豪だと言って、最初からハイペースで飲んでいたが、利華子も酒量では負けていなかった。

最終的には、利華子が、

「先輩、明日も仕事ですよね？　すみません、遅くまで……。私は、もう大丈夫です」

と平井を気遣い、お開きにした。

タクシーでホテルまで送ってもらったあと、利華子は、

「今日は先輩から貴重な話を聞くことができました。プロポーズについては、試してみたいこ

とができたので、受ける、受けないはその後で決めたいと思います。今日は本当にありがとうございました」

と、深々と頭を下げた。

平井は利華子の言葉を聞いて、満足そうに笑みを浮かべると、

「きっと、かへちゃんの心を満たへるのは、かれピッピらけれ、あたしじゃないから、かれピッピのひもちをちゃんとたしはめるのよ？　いい？」

と、呂律《ろれつ》の回らない口調で答えた。凛《りん》と佇《たたず》む利華子とは違い、平井は足元もおぼつかず、待たせているタクシーのドアに手をかけて、ぐらんぐらんと体を揺らしていた。

「……あ、えっと、はい。では、おやすみなさい」

利華子は、平井が何を言っているのか、ほとんど理解できなかったが、とにかく頭を下げて、ホテルへと入った。

平井は利華子の姿が見えなくなると、タクシーの後部座席によろよろと倒れ込み、

「タケちゃん……、家……まで……、お願い……」

と、最後の力を振り絞って言うと、スースーと寝息を立てはじめてしまった。

利華子はホテルのエレベーターに乗り込むと、すぐさまスマホを取り出して、平井から聞い

た過去に戻れるという喫茶店の所在地を調べた。そこは東京メトロの神保町駅から歩いて行ける距離にあった。

部屋に入ると、バッグにしまっていた手帳を取り出し、スケジュールを確認した。利華子の休みは不定期であり、一番早いのが来週の火曜日だった。時計を見ると午前四時前。二時間後にはチェックアウトして山梨に戻り、午後から出社する予定だった。

利華子は、手帳を見て、

（もう一日休みをとっておくべきだった）

と後悔した。平井と飲み明かして、そのまま出社するのが辛いからではない。古龍庵で数々のめんどくさいルールを聞いて、一度は興味を失った利華子だったが、

（今すぐにでも過去に戻れる喫茶店に行って、確かめたいことがある）

と気持ちが変化していた。

利華子は、平井に話を聞いてもらいながら、自分の気持ちを整理することができた。

まず、

（私は自分が死ぬかもしれないから迷っていたわけではない。私が死ぬかもしれないということを知った彼に「プロポーズしなければよかった」と後悔されるのが怖い）

ということ。そして、

（私から「五年後に死ぬかもしれないけど結婚してほしい」とは言えない）

ということ。つまり、

（病気のことさえなければ、私は彼のプロポーズを受けるつもりだった）

というのが、今の偽りのない気持ちであることに利華子は気づいた。

五年後のことは、誰にもわからない。もし、病気を理由にプロポーズを受けないという選択をしたのに、五年後に生きていたら、その選択を後悔するに違いない。

結果、利華子は、

（私は五年後に自分が生きているという確証が欲しい）

というのが本心だと気づいた。だがそんなことは、未来にでも行かない限り知ることはできない。そう思ってあきらめていた。平井のあ、る、発、言、を、聞、く、ま、で、は、……。

それは、二軒目のバーでのことだった。すでに午前二時を回っていて、平井の呂律も怪しくなりはじめ、言葉が聞き取りにくくなっている時だった。

「そのきっされんで、未来に行ったのが、計ちゃんって子れ……わたひが過去に、もろったときに、いもうろと約束したんれしょ？　って、ビシッて言ってくれらの。ビシッて。らから、計ちゃんには、ほんろうに感謝しれる。計ちゃん、いなかっらら、わたひ、ゆうれいに……」

「……あの」

「なーに？」

「その話、もう少し詳しく聞かせていただけませんか？」

「……ゆうれい？」

「じゃなくて、先輩、今、『未来に行った』って言いましたよね？」

「……みらい？」

「そうです！　その話、もっと、詳しく！」

こうして利華子は平井から、その喫茶店が、過去だけではなく未来にも行けるのだという話を聞き出した。

「本当に未来にも行けるのなら……」

利華子は自分の心拍数が跳ね上がるのを感じた。

「未来に行けるとは言っても……」

部屋に戻った利華子は、少し冷静さを取り戻していた。泥酔状態に近い平井の言うことである。真に受けて、ぬか喜びに終わるのだけは避けたい。せめて、本当に未来に行くことができるのかどうかだけは、確認する必要がある。

時計を見ると、午前五時だった。利華子は、チェックアウトするまでに少し仮眠を取ることにした。眠くはないが、午後からは仕事もしなければならない。休める時に体を休めておこうと思い、コートだけを脱いでベッドに横になった。喫茶店の営業時間を調べるためにスマートフォンで「神保町　過去に戻れる喫茶店」と、検索してみたが、ヒットしたのは、ＳＮＳに投稿された記事で、死んだペットに会いに行ったというものだけだった。その記事に対するコメントは批判的であったが、その内容は、利華子の胸を熱くした。

（普通の喫茶店であれば、昼過ぎには電話がつながるだろう。確認はいつでもできる。あとは……）

利華子にとって未来にも行けるかもしれないという情報は、暗闇に射す一筋の光だった。だが、問題もある。

「もし、仮に五年後の未来に行けたとして、私はどうやって自分の生死を確認すればいいの？」

利華子は深いため息をついて、天井を見つめつづけた。

白いワンピースの女がトイレに行くのを待ちはじめてから、一時間が経過した。

時刻は午後七時を少し回っていた。利華子はその間、真ん中のテーブル席に座ったまま、夕食もそこですませた。

カランコロン

しばらく経って、三田絹代《みたきぬよ》の絵画教室を手伝っていた時田数が帰ってきた。大きめのキャンバスバッグを抱え、利華子の姿を認めると、小さく一礼して、

「いらっしゃいませ」

と声をかけて奥の部屋に消えた。小さな声であったが、利華子はその声に聞き覚えがあった。先月、仙台から山梨に帰る途中で、平井から聞いた話が本当かどうかを確認するために電話をした時、応対してくれた女性に違いなかった。

ボーン、ボーン……

午後九時。

閉店時間を一時間過ぎても、数はカウンターの中で静かに佇んでいた。利華子からは見えな

いが、手元でなにやら作業をしているのがわかる。

普段、添乗員として旅行先でバスや電車の出発時刻を管理する立場の利華子は、職業柄、時間には人一倍気を遣うたちで、

（私が居残っているせいでこの人は帰れないのかしら？　もし、そうなのだとしたら……）

と、不安になっていた。

すると、そんな利華子の気持ちを見透かしたかのように、数が、

「ご心配なく」

と、語りかけてきた。

「え？」

利華子が驚いて視線を向けると、数は、

「私は義兄《あに》と一緒にここに住んでいますので」

と言って、キッチン脇の奥の部屋に視線を向けた。

（……そういえば、彼女と入れ替わりに、店長さんは奥の部屋に入ったきり出てこない）

旅先での喫茶店巡りが趣味の利華子は、これまでにも、店舗と居住空間が一体になっている店を何度か見たことがあった。だから、数の言いたいことをすぐに理解することができた。

数は、

（時間のことは気にしなくていいです）

と言っているのだ。

「そ、そうですか」

「はい」

そして、再び沈黙が訪れた。白いワンピースの女は、時折、読んでいる本のページを捲《めく》るだけで一向に立つ気配がない。平井からは、白いワンピースの女は一日に一回、必ずトイレに立つと聞いている。だが、待てば待つほど迷いも出てくる。

まず、

（本当に未来に行けるのか？）

という疑問がわいた。平井の言葉を信じないわけではないが、そもそも平井が騙《だま》されていたという可能性も考えられる。

（ここまで来て、何を今さら迷っているの？）

利華子は自分の心に問いかける。迷いの根源は何であるのかを探ってみる。

（……やはり、私は自分の未来を知るのが怖いのかもしれない）

利華子は未来を知った自分が、一体どんな気持ちになるのかを予測できなくなっていた。利華子自身が描いた理想は、自分の死を受け入れ、残された時間を有意義に過ごすというものだった。だが、それが実際にできるかどうかは、未来に行ってみなければわからない。

(やめるなら、今しかない……)

白いワンピースの女が席を立つのを待ちながら、利華子の心は揺れに揺れていた。人間の心は一瞬一瞬、変化するものであり、どんなに固い決意であっても脆《もろ》く崩れてしまうこともある。

利華子はなかなか立ち上がらない白いワンピースの女を恨めしそうに睨《にら》みつけた。

その時だった。


パタン。


突然、白いワンピースの女が読んでいた本を閉じた。そして、ゆっくりと立ち上がる。

利華子は驚いた。白いワンピースの女に心の声を聞かれたのかと思ったからだ。

「え?」

(立ってしまった)

白いワンピースの女は、ゆっくりと利華子の脇を足音も立てずに通り過ぎた。その間、利華子は身動き一つできなかった。怖いからではない。未来へ行くか、行かないかを決めなければならなかったからだ。白いワンピースの女が席を立てば、迷いなど消えると思っていた。だが、迷いはさらに強くなった。

(行きたくない)

利華子は、両手で口元を押さえて、

「やっぱりやめます」

と、出かかった言葉を必死に呑《の》み込もうとした。

不意に、

「時刻表を手に入れるために五年後の未来に行かれると聞きましたが……」

と、数が利華子に話しかけてきた。数は、白いワンピースの女が使っていたテーブルの上を片付けている。

「え？　あ、はい。でも……」

利華子は席が空いたのだから座れと言われるのかと思い、自分でもびっくりするほど取り乱した。

だが、数の言葉は利華子の予想とは真逆だった。

「すぐに必要なものでないのなら、日を改めてはいかがですか？」

「え？　いや、でも、せっかくここまで待ったので、席が空いたのなら……」

利華子は戸惑い、行きたくないという気持ちとは裏腹に、

「座ります。行きます」

と、思わず口にしていた。

「そうですか」

数は利華子の顔をチラと見て、静かに目を伏せ、ゆっくりとキッキンに消えた。利華子は反射的に行くと言ってしまったことを、一瞬、深く後悔した。言われた通り、日を改めるべきだったのかもしれない、と。

だが、逆に、

（これでよかったのかもしれない）

という気持ちにもなった。なぜなら、時刻表を手に入れに行くだけだというのに日を改める理由が思いつかなかったからだ。

（悲観的になる必要はない。五年生存率は六割。つまり、生きている可能性の方が高い。医学の進歩だって目ざましい。来年には世界をひっくり返すほどの新薬や治療法が見つかることだってあり得ない話じゃない。進歩はあっても、後退することはないはず！）

利華子は「よし」と声に出して、勢いよく席を立った。だが、膝が震えてその場から動けなかった。利華子は、迷いを吹っ切るために、両の手のひらでパンと頰《ほお》を叩いた。

（そうだ！　がんばれ、私。ここで逃げたら、私は絶対後悔する。同じ人生なら、最後は自分によくがんばったね、と言える人生にしたい！）

利華子は大きく頷くと、白いワンピースの女がいなくなったテーブル席に近寄ってドンと腰を下ろした。

「ルールの説明は必要ですか？」

しばらくして、キッチンから戻ってきた数が尋ねた。手には真っ白なカップと銀のケトルを載せたトレイを持っている。この銀のケトルからカップにコーヒーが注がれると過去や未来に行くことができる。

「大丈夫です」

利華子はハッキリと答えた。ルールはあのあと平井から何度も聞き、取ったメモも読み返している。

「わかりました」

利華子の返事を聞いて、数はゆっくりと銀のケトルに手をかけた。

その瞬間、数を取り巻く空気がピンと張り詰めるのを利華子は感じた。気のせいか体感温度がほんの少し下がったような気もする。

利華子は頭の中でいくつかのルールを復唱すると、

（まずは、どんな結果だったとしても、コーヒーは飲み干して戻ってくること。あとのことは戻ってきてから考える！　幽霊になって、何も知らない彼や、この喫茶店のことを教えてくれた先輩を悲しませるわけにはいかない）

と、自分に言い聞かせた。

利華子の様子を窺っていた数は、利華子と目が合うと、

「では……」

と、仕切り直して、

「コーヒーが冷めないうちに」

と、ささやいた。

数の持ち上げた銀のケトルがカップの上でピタリと止まる。ゆっくりと傾く注ぎ口から、音も立てずに褐色のコーヒーが真っ白なカップに向かって落ちていく。数の姿勢や一連の動きは、まるでバレリーナのように美しく、そして恐ろしく静かであった。

不意に、カップに満たされたコーヒーの表面から、ふわりと一筋の湯気が立ち上るのを利華子は見た。

「え？」

次の瞬間、利華子は自分の体が宙に浮いていることに気づいた。しかも、ただ浮いているのではなかった。

（体が、湯気に！）

驚いて叫ぶ間もなく、周りの景色が下から上へと流れはじめて、湯気となった利華子の体は上昇して、天井へと吸い込まれていった。

「もし君が望むなら、僕は君と結婚したいと思っています」

苍田学《はなだがく》のプロポーズは彼の性格を如実に表していた。よく言えば、常に利華子の気持ちを考えている。悪く言えば、主体性がない。

利華子はこうだと決めたら絶対に譲らない性格で、正反対だが、二人の相性は悪くはなかった。

利華子と苍田は勤務先の旅行代理店が主催するパーティーで知り合った。上司から紹介された苍田は、国内を主戦場とする利華子とは違い、主に海外での案件を扱っていた。

苍田は学生時代からバックパッカーとして一人で世界中を旅して回っていた。バックパッカーとは、その名の通りバックパックを背負い低予算で旅する人のことをいう。苍田はアルバイトでお金を貯《た》めると、無計画に海外へと旅立ち、お金がなくなると帰国するという生活を続けていた。

苍田はその経験を買われ、今の会社に入社した。だが、根が真面目な性格だったので、会社に迷惑をかけたくないという理由で、長期の休みをとってバックパックで旅をすることはなかった。勤務態度も良く、すぐに出世するかと思われたが、苍田は頑《かたく》なに、

「僕は人の上に立てる人間ではありませんので」

と辞退していた。言われたことをコツコツやるのが合っている。それが苍田という男だった。

利華子の上司である矢島《やじま》は、事あるごとに食事や飲みの場に二人を誘い出した。海外に出たことのない利華子にとっても、苍田のバックパッカー時代の話は魅力的だった。矢島に半ば強制的に交換させられた連絡先だったが、いつの間にか、利華子から積極的に連絡を取るようになっていた。

苍田がプロポーズをしたのは、久々に上司に呼び出された席で、

「お前たち、結婚は考えているのか?」

と聞かれたからだった。「君が望むなら」は、いかにも苍田らしい主体性のないプロポーズではあるが、利華子は気にしていなかった。その頃には、苍田の主体性のなさも魅力の一つだと思っていたからだ。

だが、矢島に聞かれたからと言って、その場で結婚を決めるというのは利華子の性には合わなかった。

利華子は、

「私も前向きに考えています。その時が来たら私も学さんにちゃんと返事をしたいと思っています」

と、その場を収めた。実に利華子らしい返事だと矢島も満足げだった。利華子の病気が発覚したのは、その直後であった。

おそらく、苍田にそのことを話しても、

「それでも、君が望むなら、僕は君と結婚してもいい」

と返ってくることは予想できた。病気のことを知ったからといって、プロポーズを取りやめることなどできるわけがない。それは優しさかもしれないし、同情かもしれない。

(でも、病気が進行して、日に日に弱っていく私を見て、彼が悲しく表情を歪《ゆが》めるところなど見たくない)

だから利華子は、喫茶店を訪れる前に、

(五年後の生存が確認できない時は、病気のことは話さずに断る)

と、覚悟を決めていた。

理由など話す必要はない。

「よくよく考えたけど、あなたとは結婚できない」

それだけでいい。苓田の性格を考えれば、

「なぜ？」「どうして？」

などと理由を聞いてくるはずがない。そこでもきっと、

「君が望まないなら」

と、すんなりあきらめるに違いない。

そう思っていた。


「あら？」

利華子が目を覚ますと、カウンター席に座る女から声をかけられた。見渡すと店内にはその女しかいない。女は四十代半ばで、近所をランニングか散歩でもしていたのか、スポーティーな軽装で小さなショルダーバッグを肩にかけたままアイスコーヒーを飲んでいた。

「最近、姿を見ないと思ったら、何？　未来から？」

「あ、えっと、はい」

利華子は持ち前の勘のよさから、おそらく、この五年の間に親しくなった常連客の一人であると推測し、咄嗟にそう答えた。そして、見知らぬ女の、

「最近、姿を見ない」

という言葉を、頭の中で反芻《はんすう》した。

一度、深呼吸をする。

（大丈夫。思ったほどショックは受けてない）

利華子は自分の手を見た。

（……震えてない）

そして、ほんの少し速くなってはいるが、鼓動も通常通りであることに安堵《あんど》した。

（よかった。色々考えて不安だったけど、知ってしまえばわりとすんなり受け入れられることだったのかもしれない）

利華子はこの店を訪れる前に、

（五年後、どうやって自分の生死を確認するか？）

と考えていた。ただ、闇雲に未来に行っても意味がない。利華子の存在を知らない人に「私はまだ生きてますか？」と尋ねたところで「わかりません」と言われるのがオチである。確実

に自分の生死を確認するためには、名前や顔を覚えてもらう必要がある。そこで、利華子は自分がこの喫茶店の常連客になることを決めた。向こう五年間、最低でも一か月に一度は店に顔を出して、加部利華子という女がわざわざ山梨から遊びに来ているという状況を作ることにした。来店の頻度が高くなるほど精度は高くなる。利華子はそのためなら、休みのすべてを費やすつもりでいた。

つまり、目の前の見知らぬ女に話しかけられたということは、利華子が常連客になるという作戦は、ほぼ成功したということだ。

(だが、まだ、そうと決まったわけじゃない。この人が、毎日来ている常連客とは限らない。私は休み全部を使ったとしても月四回が限度。少ないと二回の時もあるはず。なら、私がこの喫茶店に来る日と、この人が来る日が被《かぶ》っていなければ、この人にとって私は久々に会う私ということになる)

利華子は、座ったまま体をひねり、腰が浮くギリギリまで背筋を伸ばし、キッチンの奥を覗《のぞ》き込んだ。利華子の行動を見て、女は、

「誰に会いに来たの?」

と、話しかけてきた。

「あ、えっと」

利華子は少し間を取ってから、

「店長か、もう一人のウエイトレスさんに……」

と、答えた。

「もう一人の？　あ、数ちゃん？」

「あ、そ、そうです」

利華子はこの時初めて数の名前を知った。

「流さんはミキちゃんの授業参観に行ってて、しばらく帰ってこないと思うけど」

利華子は、ミキが誰なのかわからなかったが、女の話に逆らわず、

「そうでしたか」

と受け流した。

（流さんというのは、店長さんに違いない。そうか。店長さんはいないのか……）

「じゃ、数さんは？」

「数ちゃん？　そういえば、さっき出ていったけど……、どこ行っちゃったのかしら？」

「そうですか……」

利華子は、答えながら、安堵している自分に気づいた。手のひらはじっとりと汗ばんでいる。

（やっぱり私は、真実を知ることが怖いんだ。それなら、このまま何も知らずに帰るのもあり

かもしれない。彼との結婚はあきらめよう。自分が生きているかどうかもわからずに、こんな中途半端な気持ちのまま結婚しても幸せになれるとは思えない）

利華子は目の前のカップに手を伸ばした。

（でも、無駄じゃなかった。辛いけど、彼との結婚をあきらめる決心がついたのだから……）

利華子は、ふぅと息を吐いて、

「じゃ、私はこれで……」

と、女に会釈をしてカップを手に取った。

「あら、そう？　いいの？」

「はい。大した用事ではなかったので……」

利華子が答えると、女も利華子にそれほど興味はなかったのだろう、強く引き止めようとはしなかった。利華子はカップを口元に運ぶ。

（あ……）

平井からぬるいと聞いていたコーヒーは、口をつけると意外にも熱く、一気に飲み干せるものではなかった。香ばしいコーヒーの香りが鼻腔《びこう》をくすぐる。

（これだから猫舌は困る）

利華子は、一口飲んだカップをゆっくりとソーサーに戻した。

カランコロン

カウベルが鳴って、利華子の心拍数は跳ね上がった。

（こ、このタイミングで？　だれ？）

利華子は、カウベルを鳴らした人物が、自分のことを知らないようにと、祈るような気持ちで入り口に目を向けた。

例えば、受け身を取るつもりで転倒すれば、怪我《けが》は避けられる。だが、今の利華子は、受け身を取るのをやめた瞬間だった。このまま転倒すれば、怪我をするのは間違いない。

しばらくして、入ってきたのは数だった。

「あ……」

利華子は数の姿を見た瞬間、金縛りにあったかのように、目を逸《そ》らすことができなくなった。

といっても、実際は一秒にも満たない、瞬《まばた》きするほどの時間である。それでも利華子にとっては、まさに生死を分ける一瞬だった。

だが、そんな利華子の緊張とは裏腹に、数は過去に戻れる席に座る利華子の姿を見つけて、

「いらっしゃいませ」

と声をかけた。

数は、カウンター席に座る女にも軽く会釈をすると、そのままキッチンへと消えた。

（あれ……？）

数の反応は、予想とは違っていた。

（もしかして……）

利華子の心拍が跳ねるように速くなる。

（私は今でも生きている？）

利華子はその可能性がまるで奇跡でもあるかのように感じて、両手で口を押さえた。大きな声で「やったー！」と叫んでしまいそうな衝動に駆られたからだ。

（いや、でも、待って！　喜ぶのはまだ早い。もしかしたら、彼女は、私が死んだということを知らないだけかもしれない）

利華子は、自分の昂《たかぶ》った感情を落ち着けるために、目を閉じて、深呼吸をした。

すると、キッチンから戻ってきた数が、

「時刻表ですよね？」

と、利華子に声をかけた。

「え？」

利華子は一瞬何を言われたのかわからなかった。そしてすぐに、それが未来に行くために言ったニセの理由だったことを思い出した。

「……あ、はい」

数は利華子の返事を聞いて、奥の部屋へと消えた。

（あれ？）

利華子は数の背中を目で追いながら、小さく首を傾げた。

（コーヒーを淹れてくれたのと同じ人？）

五年前の数はセミロングだったが、今の数はショートボブである。見た目は違う。だが、それだけではない。五年前の数からは深い海の底のような青色の、ひんやりとした印象を受けた。だが、今、目の前にいる数からは海の表層に近い淡い水色の、足をつければ一瞬冷たいが、気持ちのいい浅瀬のような印象を受ける。

（気のせい？　ううん。何かが違う……）

別段、表情が明るくなったとか、声のトーンが高くなったとかではない。

（何て言ったらいいのかしら。でも、確実に五年前の彼女ではない。一体、彼女に何があったのかしら？）

利華子が数の消えた奥の部屋への入り口を見つめていると、突然、

「オギャ、オギャ……」

と、赤ん坊の泣き声が聞こえてきた。

利華子は目を丸くする。

「あら、起きちゃったのね」

カウンター席の女がつぶやく。

しばらくすると奥の部屋から時刻表を手に数が戻ってきた。その背後から、泣いている赤ん坊を抱いた男が現れた。赤ん坊を抱く男の接し方から、男は数の夫で、泣いているのは二人の子供だろうと利華子は思った。

「刻《こく》くん、いたの?」

カウンター席の女が声をかけた。「刻」というのが男の名前らしい。

「はい。昨日帰国して、明日にはまた……」

刻はそう言って、赤ん坊の顔を覗き込みながら苦笑いを見せた。質問をしたのはカウンター席の女なのに、胸に抱く赤ん坊に謝っているように見える。

刻はカウンターの中から、

「すみません」

と、過去に戻れる席に座る利華子にも頭を下げた。利華子は迷惑とは思っていなかったが、狭い店内に響き渡る赤ん坊の泣き声はかなり大きい。刻の「すみません」という声も、ほとんど聞き取れなかった。

「大丈夫です」

と答える利華子の前に、数が時刻表を差し出した。

「こちらでよろしいですか?」

時刻表の表紙には二〇二四年五月版と表記されている。確かに、五年先の未来の時刻表だった。

「……ああ、そうです。これです。ありがとうございます」

利華子は困惑しているような表情で答えた。そして、受け取った時刻表の中身を確認することなく膝の上に置き、カウンターの中の数と赤ん坊を抱えた刻を見た。

カウンター席の女が刻に話しかける。

「刻くんも、だんだんパパらしくなってきたわね?」

女の言葉に刻は苦笑いを見せ、

「一年に数回しか抱いてやれないのに、パパと名乗る資格があるんですかね?」

と、赤ん坊の顔を覗き込んだ。

「大丈夫よ。パパを名乗るのに資格なんていらないわ。愛情さえあればいいんだから」

女はそう言ってカラカラと笑い飛ばした。刻も女の言いたいことを理解して、すぐに、

「じゃ、大丈夫か」

と笑顔を見せた。素直な性格なのである。そんな二人のやりとりを聞いても、数は表情を変えることなく、静かに仕事を続けている。刻の言いたいこともわかるし、女の意見にも同意し、代弁してくれたことにも感謝しているのだろう。だが、何も言わない。否定も肯定もせず、すべてをそのまま受け入れている。

いつの間にか刻の胸で寝息を立てはじめた赤ん坊を見て、数がわずかにほほえんだ。

利華子はそんな数を見て、

（彼女は、今、幸せなのだ）

と感じた。

そして、

（うらやましい）

とも思った。


ボーン、ボーン、ボーン……

柱時計が閉店時間である午後八時を知らせる鐘の音を店内に響かせた。

「あら、もう、こんな時間？」

カウンター席に座っていた女は、慌てて立ち上がると代金を支払って、

「じゃ、数ちゃん、刻くん、またね！」

と言って出ていった。

刻は眠ってしまった赤ん坊をベッドに寝かせるために、音を立てないように利華子に会釈だけして奥の部屋に消えた。

突然、シンと静まり返った店内で、利華子は数と二人きりになった。胸の鼓動が、体全体を揺らすような錯覚に、利華子は、今すぐコーヒーを飲み干して、過去に戻ってしまいたいという衝動に駆られた。

（確かめたいけど、確かめたくない）

もし、閉店時間があと十分遅く、女が居座り、刻が眠らない我が子をあやしつづけていたなら、利華子はこのままコーヒーを飲み干して過去に戻ったに違いない。

なぜなら、今、利華子は自分が五年後も生きているという希望を抱いている。数の態度が、亡くなった常連客を見るものとは思えなかったからだ。

（五年生存率は六割。私は六割を引き当てた）

そう信じ込もうとしていた。

（確認せずに、生きているという希望を抱いたまま帰ればいい。もし、はっきりと確認したところで、彼女が本当のことを言ってくれるとは限らない。今ここで、突然「私は今でも生きていますか？」と聞かれたら、彼女だって困惑するだろう）

利華子はカップに手をかけた。

「……」

だが、どうしても、そのカップを口元まで運ぶことができない。

（本当にこのまま帰ってしまっていいの？）

利華子は数が閉店作業のためにキッチンに入っていくのを目で追った。二人きりになっても数の態度は変わらない。利華子が何をするために未来にやってきたのかを確認する様子もない。

（他人《あなた》の事情には踏み込みません）

という態度が、もどかしい。

この状況で、一言、「どうかしましたか？」とでも声をかけてくれれば、おそらく利華子は自分が生きているかどうか確認に来たことを包み隠さず話すだろう。

だが、それもない。

（私から聞かない限り、彼女《数》は絶対に話しかけてくることはない）

利華子はそう確信した。

利華子は、カップから手を離し、膝の上の時刻表に視線を落とした。表紙には、利華子が見たことのない電車の写真が使われていて、改めて自分が五年後の未来に来たことを実感させられた。

（でも、私は五年間、この喫茶店を訪れつづけている。それは間違いない。今ここで自分が死ぬことを知ったとしたら、それでもなお、私はこの喫茶店に通いつづけることができるだろうか？　いや、できるはずがない。私は、きっと、生きているということを知らせるために通いつづけたに違いない）

利華子の自問自答が続く。

（それ以外に、喫茶店に通いつづける理由があるだろうか？）

（わからなくなってきた）

（未来の私は、私に、どちらの結果を知らせるつもりなの？　生？　それとも死……？）

利華子はじっと自分の手を見た。先ほどカップに触れた時の温度が蘇る。これなら猫舌の利華子でも、きっと一気に飲み干せてしまうだろう。考える時間はもう、わずかしかない。

（知ってどうするの？　もし、死んでいたとしたら、耐えられる？）

（何のために来たの？　一度は覚悟を決めたじゃない？）

（人生には知らない方がいいことだってある。これでいい。このまま戻って……）

（後悔しない？）

（……）

（聞かないで帰って、後悔しないと言い切れる？　自分の気持ちから目を逸らして、誤魔化そうとしてない？）

（でも……）

（大丈夫。ここまで来たら、自分を信じるしかないでしょ？）

（……確かに）

利華子の中の、本当のことを知りたい自分と知りたくない自分の意見が一致した。利華子は目を閉じて、フゥと小さく息を吐くと、体ごと数のいるキッチンに向き直って、

「あの……」

と、呼びかけた。数は呼ばれるのを待っていたかのようにすぐに姿を見せた。

「はい」

「一つだけ教えていただけますか？」

「何でしょう？」

数はじっと利華子の目を見据えて、静かに答えた。利華子はその瞳を優しいと思った。きっ

と、何を聞いても事実だけをちゃんと答えてくれる。そんな気がした。

「お聞きしたいことが……」

「はい」

「……私は……私は今でも……」

言葉が一旦、途切れた。舌先も口元も「い」という言葉を発するための準備はできている。それなのに、息だけが喉の奥で止まってしまい、呼吸すらうまくできない。自分の意思なのか、そうではないのかもわからない。利華子は息苦しさに耐えられなくなり、小さくヒュッ、ヒュッと喉を鳴らして息を吸い込んだ。

そして、絞り出すように、

「……今でも、私はコレを購入していますか？」

と、時刻表を掲げて見せた。

時刻表は利華子が毎月必ず購入しているものである。

（生きていれば、私は必ず買いつづけている……つまり……）

利華子は数の返事を待った。

だが、無情にも利華子の質問に対して数は、

「いえ。それが最後の一冊だとおっしゃっていました」

と答えた。わずかな間も置かず、躊躇《ためら》いのない一言だった。

「そうですか」

「はい」

数からは、後ろめたさは感じられない。利華子が想像した通り、事実を事実として取り繕うことなく正確に伝えてくれている。後腐れのない、聞いてよかったと言える、そんな、綺麗《きれい》な幕引きだと利華子は思った。

利華子は、

「ありがとう。あなたに聞けてよかった。あなたでよかった」

と告げて、カップを手に取った。それは利華子の本心だった。コーヒーはすでに猫舌の利華子にも飲めてしまうほどぬるくなっている。利華子は一気にコーヒーを飲み干した。

飲み干してから、しばらくすると目眩《めまい》とともに、周囲がゆらゆらと揺らめきはじめた。体が軽くなったと思ったら、来る時と同じように体が湯気になりはじめた。利華子は、湯気になった体で、最後に数に頭を下げた。

利華子を見上げている数の姿を確認すると、景色が上から下にゆっくりと流れはじめた。

意識が消えてしまう寸前に、数がゆっくりと頭を下げるのが見えた。

たことに気づかなかった。

「どいて」

利華子は、目の前に立つ白いワンピースの女に声をかけられるまで自分が未来から戻ってきたことに気づかなかった。

「す、すみません」

慌てて立ち上がり、白いワンピースの女に席を譲った。利華子は呆然《ぼうぜん》として、自分が経験した出来事を思い返していた。

しばらくして、キッチンから数が現れた。数は、白いワンピースの女に新しいコーヒーを出しながら、利華子に、

「時刻表は受け取れましたか？」

と、語りかけてきた。

利華子は、時刻表を持っていたことすら忘れていたかのように、

「え？　あ、はい、受け取りました」

と答えた。答えて、目の前にいる数を見た。

（やっぱり、違う。今は、ものすごい壁を感じる）

利華子は、未来で会った数とは別の人に接しているような不思議な感覚になった。

（五年で人はこんなにも印象が変わるのか）

利華子は改めて、自分が未来に行ってきたことを実感した。

「お会計でよろしいですか？」

立ち尽くしている利華子に向かって、数が問いかけた。未来に行って、時刻表も手に入れたのだ。もう、用事はない。知るべきことは知ったので、利華子がここに残る理由はなかった。

（長居は無用）

時計を確認すると、午後十時を回ろうとしている。利華子は会計を済ませて店を後にした。

地上に出た。風が頰に気持ちよかった。

日中は少し汗ばむほどの陽気であったが、五月とはいえ、夜は肌寒かった。

（生存を確認できなかった以上、彼のプロポーズを受けることはできない）

利華子はスマートフォンの待ち受け画面を指でタップして、ショートメールを開いた。履歴の中から「苍田」の名前を探す。利華子は今になって、プロポーズをされてから、一度も苍田と連絡をとっていなかったことに気づいた。

（彼らしい）

プロポーズをしておいて何も言ってこないことに呆れながらも、利華子は、と思った。苔田は、利華子から連絡が来るまで、いつまでも待ちつづけるに違いない。利華子は苔田のそういう性格を気に入っていた。だからこそ中途半端にせず、ちゃんと断ろうと思った。

（いつまでも待たせるわけにはいかない。早く私のことはあきらめて、別の人と幸せを摑んでほしい）

利華子は、苔田宛の返信フォームを開き、「明日、会える？」と打ち込み、送信ボタンを押した。

「……これでいい」

利華子は自分に言い聞かせるようにつぶやいた。

翌朝、目が覚めると、すでにチェックアウトの一時間前だった。

ここ数週間、利華子は熟睡できていなかった。しかし自分の未来を知ったことは、利華子にとってプラスに働いていた。辛くないと言えば嘘になる。だが、クヨクヨ悩んだところで、もう未来を変えることはできないのだから、今はとりあえず残された時間をどう生きるかを考えるべきだと利華子は考えていた。

（そういえば……）

メールを確認すると、午前二時過ぎに苍田からの、

（わかった）

という返信が入っていた。

普段からメールのやりとりはシンプルではあったが、この日の返信は特に短かった。苍田にしてみれば、プロポーズをしてから一度も連絡がなかったのだから、不安だったに違いない。

苍田は、

（別れ話になるのかもしれない）

と予想しているのかもしれない。利華子はそう考えた。そして、

（期待されるより、その方が切り出しやすい）

と、都合よく受け止めた。

利華子はホテルをチェックアウトすると、山梨へ戻る前に、苍田と会うためにレストランの予約を入れた。その店は利華子と苍田のお気に入りで、「居場所」という名の、ポーランド料理を出すレストランだった。

日本では、ポーランド料理の店は珍しい。ポーランドの代表的な料理と言えばピエロギがあ

る。見た目は餃子《ぎょうざ》のようなもので、肉やじゃがいも、ほうれん草やきのこなどの具材を小麦粉で作った生地で包み込み、茹《ゆ》でたり焼いたりして食べる。もちもちとした食感で、ポーランドを訪れた日本人観光客にも人気の食べ物である。他にも「ビゴス（ソーセージのザワークラウト煮込み）」や、ポーランド語で日本風ニシンという意味を持つ「シレチ・ポ・ヤポンスク」、ジャガイモに小麦粉を加えて焼いたパンケーキ「プラチェック」などがある。街角でも売られている「ポンチキ」はジャム入りの揚げドーナッツで、ポーランド人に大人気のデザートである。利華子も苍田もこのレストランでポーランド料理の虜《とりこ》になった。

店内はモダンで落ち着いた雰囲気が漂っていて、木の温かみのあるテーブルや椅子が使用されている。照明は間接照明が多く、個室がある。扉付きではないが壁で囲まれた小さな部屋のようになっていて、他の客からの視線が気にならないので、別れ話をするにはちょうどいいと思った。

利華子は、約束の時間に少し遅れてレストランに到着したが、苍田はまだ来ていなかった。苍田が待ち合わせに遅刻してくることは珍しく、利華子は自分が時間を間違えたのかと思い、スマートフォンで時間を確認した。

（どうしたんだろ？　いつもなら遅れる時は連絡くれるのに）

そんな思いが頭をよぎったが、

（でも……）

利華子は自分も遅れる時は必ず連絡を入れるのに、今日は忘れていた。

（私は心のどこかで、苓田くんに来てほしくないと思っている。そして、苓田くんも別れ話になることに気づいている。そんな気がする）

利華子はこのまま時間が止まってくれないかと願ったが、その思いは残念ながら、苓田の登場で叶《かな》わなかった。

「ごめん」

「あ、うん。でも、私も、今、来たところだから」

利華子は答えながら、苓田が向かいの席に座るのを目の端で捉えながらメニューに手を伸ばした。

「注文は？」

「まだ、これから」

何度も来ているレストランだから頼むものは決まっているのだが、利華子はメニューに目を落とした。

「お決まりですか？」

しばらくして白いポロシャツに赤いチェック柄のエプロンを着けたウエイトレスが注文を取

りに来た。

「すみません。まだ、決まってなくて」

「では、お先にお飲み物はいかがですか？」

「じゃ、りんごのナレフカで。苍田くんは？」

利華子が視線を上げると、苍田もメニューを凝視していた。

「僕はジンジャーエールを」

「飲まないの？」

苍田は酒が大好きで、世界中をバックパッカーで旅していたのも、その国でしか味わえない酒を飲むのが目的だった。その苍田が酒を頼まないことに、利華子は少し驚いた。

「ま、今日は、ちょっとそんな気分じゃないから」

苦々しく笑う顔を見て、利華子は理由を悟った。

（やはり、苍田くんは私がプロポーズを断ることに気づいている）

利華子は自分だけお酒を飲むのは申し訳なくなって、

「……すいません、ナレフカやめてオレンジジュースで」

と、ウエイトレスにドリンクの変更を告げた。苍田はまだメニューを見ている。

苍田は、「飲めばいいのに」とは言わない。無理強いする男ではないのだ。

沈黙が続く。

（空気が重い。こんな状態でどうやって切り出せばいいの？）

利華子は再びメニューに視線を落とした。料理も決めておかなければならない。だが、こんな状態で食事が喉を通るとも思えない。

できれば苍田から、

「プロポーズの返事は？」

と切り出してもらいたかった。しかし苍田はメニューを見たまま顔をあげようとしなかった。

（でも、今、その話になってプロポーズを断ったら、苍田くんはドリンクが来る前に帰ってしまうかもしれない。ドリンクだけ頼んで、一人取り残されるなんて恥ずかしすぎる）

利華子はこんな時でも周りの目を気にする自分が嫌になったが、話を切り出すのは食事が終わってからにしようと考えた。

料理は軽めのサラダにすることにした。普段であれば、利華子はこの店でお気に入りのビゴスを頼み、苍田はピエロギをつまみながらビール、ワイン、ウオッカやスピリタスを堪能する。苍田は自分で自分を「ザル」だと言うほどの酒豪で、ビールや日本酒ならどれだけ飲んでも酔わないと豪語している。そんな苍田が一滴も飲まないのだから、この食事は利華子にとっても、苍田にとっても居心地の悪い時間だった。

（きっと苍田くんも、この状況は辛いに違いない）

利華子は沈黙に耐えられなくなり、食事にほとんど手もつけず残してしまう申し訳なさを感じながらも、手に持っていたフォークを置いた。苍田に気づかれないように深呼吸をしてから、

「あのね……」

と、切り出した。そして、一呼吸置いて「プロポーズのことなんだけど」と言うために、顔をあげた時だった。

「これ」

不意に苍田が利華子の前に小さな紺色の箱を差し出した。

「え？」

「前のプロポーズの時に渡せなかったから」

苍田は照れくさそうに言った。

「え？」

利華子は混乱した。

（ちょっと待って！　どういうこと？　苍田くんは私がプロポーズを断ると思ってたんじゃないの？）

連絡が取れずにいた間、苍田は、矢島に呼び出された席でなりゆきでプロポーズしてしまったことを後悔していた。プロポーズをするなら指輪も準備したかったし、何より、主体性のない言い方をしてしまったことも気になっていた。

利華子自身は、そのプロポーズを苍田らしいと思っていたが、じつは苍田はただ利華子の気持ちを優先したわけではなかった。

苍田は主体性がない人間ではなかった。自分の行動が相手の迷惑になることに異常なほどのストレスを感じるため、自分の考えや、感情を抑えるようになっていたのだ。

例えば、食事に誘われて「何食べたい？」と聞かれ、「ラーメン」と答えたとする。その時、相手が「ラーメンかぁ」と、あまり気が進まないような反応を見せたとする。その時、苍田は自分の食べたいものが相手の食べたいものと違ったことで相手に不快な思いをさせたと思い、ストレスを感じる。

苍田は否定されることが苦手なのだ。だから、自分はラーメンを食べたくても相手が焼肉を食べたいなら、たとえ焼肉が苦手でも焼肉を食べに行く。嫌いなものを食べるストレスより、否定されるストレスの方が耐えられないからだ。苍田の場合、特に友人や親、兄弟など身近な人間からのストレスを強く受ける。その結果、苍田は周りから、主体性がなく、すぐに流される人間のように見られていた。

苍田が学生の時から世界中を一人で旅をしていたのは、一人旅であれば周りに気を遣うことなく、行きたい場所を自分で決められるからだった。つまり、苍田自身に主張がないわけでは決してなかった。苍田にもちゃんとやりたいこと、希望はあったのだ。

「もし、君が望むなら僕は君と結婚したいと思っている」

このプロポーズを受けた利華子は、言葉通りに、

(私が望むのであれば、苍田くんは私と結婚してもいいと考えている。つまり、私が結婚しないと言えば、苍田くんは結婚を強く望むことはない)

と受け取った。

だが、苍田は、

(僕は利華ちゃんと結婚したい)

と思っていた。

だから、苍田は利華子にプロポーズを断られるとは思っていなかった。

苍田の遅刻の理由を、利華子は、

(プロポーズを断られると思って、私に会うのを躊躇している)

と考えた。だが、苍田はいつも通り「少し遅れる」とメールを送っていた。ただ不運なことに電波が悪く、苍田のメールは未送信になっていたのだ。

酒好きの苍田がジンジャーエールを頼んだのも、指輪を渡す大切な日だから酔ってはいけないと思っただけである。

沈黙が続いたことも理由があった。普段から苍田は自分からベラベラと喋《しゃべ》るタイプではない。利華子の話をいつも「うん、うん」と聞いてきた。当然、利華子が話しかけなければ沈黙になる。苍田は沈黙を苦にしない。苍田にとっては利華子と一緒にいることが大事だからだ。

ただ、この日は苍田も少し緊張していた。どのタイミングで指輪を渡せばいいのかわからない。そのことだけが頭をめぐっていて、いつもよりさらに口数が少なくなっていた。といっても、二人の沈黙は食事が運ばれてきてから五分にも満たなかった。自分の未来を知ってプロポーズを断ろうとしている利華子には、この五分は三十分にも一時間にも感じられたが、苍田にとっては普通の五分だった。二人の体感時間はそれぞれの心の状態の違いから大きくズレていたのだ。

「サイズは、去年教えてもらったものなんだけど、もし、合わなかったら直してもらえるらしいから」

苍田は恥ずかしそうに、利華子から視線を外し、独り言のように告げた。

「ちょっと待って。あのね」

「なんか、ごめん」

「え?」

突然、苍田が頭を下げた。利華子は意味がわからず、戸惑った。

「何? なんで謝るの?」

「矢島さんに、お前のプロポーズは間違ってるって言われたから……」

「どういうこと?」

利華子には、何が間違っているのかわからなかった。苍田らしいプロポーズだと思っていたからだ。

「僕は君が望むならって言ったけど、『もし、それで加部が結婚したくないって言ったら、お前は結婚をあきらめるのか?』って言われた。そのプロポーズには、お前の気持ちがない、って。『プロポーズするなら、まず自分の気持ちを言葉にするべきだ。加部を幸せにしたいなら、お前が加部を幸せにすると伝えるべきなんだよ。お前のプロポーズは、もし、君が幸せになれなくても、それは君が決めたことだから僕の責任じゃないって最初に宣言してるようなもんだ』って」

矢島も、苍田が本心からそんなふうに考えているとは思っていない。自分の気持ちを誤解のないようにちゃんと伝えるべきだと言いたいのだ。その指摘に苍田は納得し、改めてプロポーズに臨んだのだった。

（矢島さんとの間にそんなやりとりがあったなんて……、でも……）

利華子は、

（苍田くんの気持ちは嬉しいけど、私には君との幸せな未来は想像できない）

と、断りの言葉まで考えていた。悲しくもあるが、自分が決めたことだというあきらめもある。

テーブルの中央に置かれた燭台《しょくだい》のロウソクの炎がかすかに揺れ、ピアノの生演奏だけが静かに流れている。

苍田は深呼吸をすると、テーブルに置いた指輪ケースを手に取った。

（あ……）

箱を持つ苍田の手がわずかに震えているのを、利華子は見逃さなかった。

（苍田くん？）

利華子は顔をあげて、苍田の顔を見た。すると苍田は利華子と目が合うのを待っていたかのように、ゆっくりと箱の上蓋を開けた。中にはダイヤモンドの指輪が美しく収まっていた。ロウソクの明かりを受けて、ダイヤモンドはまるで夕陽に照らされた海のようにきらめいた。

「僕は、多分、君にプロポーズして断られるのが怖かったんだと思う。だから、君が望めばって言ったんだ」

（ああ）

「僕は、今、君が何で悩んでるかは知らない。でも、僕のプロポーズを断ろうとしていることは顔を見ればわかる」

（わかった）

「それでも、僕は君との結婚をあきらめたくはない。あきらめない」

苍田の言葉は、途切れ途切れではあったし、震える声であったが、紛れもなく苍田の本心からの言葉だと利華子は思った。決してスマートなプロポーズとは言えなかった。だが、その真剣さは、利華子に届いた。

「……だから」

さらに、苍田は続けた。

「僕と結婚してください」

利華子の目には涙があふれ、頰を伝って流れ落ちた。

（今、はっきりわかった。私も怖かったんだ。自分が病気であることを告白するのが。あなたに、プロポーズしたことを後悔されるのが怖かった。死ぬかもしれない相手とは一緒になれな

いと言われるのが怖かったんだ。だから、私は逃げた。私から断ることで、傷つくのを避けようとした)

「苔田くん、私……」

利華子は両手で顔を覆って泣いた。あふれる涙を抑えることができない。

(どんな人生にも終わりはある。平井先輩も、妹さんを交通事故で亡くしたというのに強く生きている。私は、結婚して束の間の幸せを手に入れても、その幸せを手放さなければならなくなる彼を、勝手にかわいそうだと思い込んでいた。私が死ぬことが彼を不幸にすると……、でも……)

利華子の脳裏に未来で見た時田数の姿がよぎった。数が赤ん坊を抱く刻を幸せそうに見つめる姿を見て、うらやましいと思ったことを思い出した。

(それでも、私は幸せになりたいと思っている。この人と……)

利華子は涙でグジャグジャになった顔をあげ、苔田の顔を見た。

(そして、彼以外に私を幸せにしてくれる人が他にいるのだろうか？　いや、きっといないだろう)

利華子は再び両手で顔を覆った。

「り、利華ちゃん？」

「ごめん。苍田くん、ごめんね」

「え?」

喉の先まで出かけている言葉がある。だが、なかなか、口にできない。

「私……」

「私も……」

(あなたと一緒に幸せになりたい。でも、怖い。この言葉に私は責任を持てない)

静かな店内ではピアノの生演奏が続いている。利華子は泣き止《や》まない。

そして、
苍田は立ち上がり、利華子の傍《そば》にひざまずいた。

「わかった」

「え?」

「顔を見ればわかる。絶対に幸せにするから……」

と、利華子の手を取った。

「え?」

「だから、もう一度、言うよ?」

「……うん」

「僕と結婚してください」

苍田は指輪を取り出して、利華子に差しのべた。

「苍田くん……」

利華子は左手の薬指を見つめた。

（この人なら、病気のことを話しても、きっと幸せにしてくれる。幸せになれる。最後まで幸せでいられる。そんな気がする。生きている限り、最後まで、この人との幸せをあきらめるのはやめよう）

利華子は小さく頷くと、苍田に左手を差し出して、

「はい」

と、笑顔で答えた。

二〇二四年　四月末
過去から利華子がやってくる数日前、時刻表を預けるために苍田は過去に戻れる喫茶店を訪

れていた。苍田はテーブル席に座って、メモを書いている。

「この子、全然、泣かないんですね」

カウンター席で赤ん坊を抱く清川二美子が、驚いたように言う。赤ん坊は二美子の腕の中で満足げにほほえんでいた。

「そうですね。夜泣きもしないので助かってます」

苍田は答えながら、時刻表に一枚のメモ紙を挟んだ。二美子はこの喫茶店の常連客で、最近は数が三田絹代の絵画教室に行って不在の時に店を手伝ったりしている。利華子は時々、苍田と一緒にここに来ていたので、二美子と苍田も顔見知りになっていた。

「いいな、私も早く赤ちゃん欲しい」

「五郎《ごろう》さん、今、どちらでしたっけ?」

「ドイツ」

五郎は二美子の婚約者で、元は二美子の同僚であったが、今は有名なゲーム制作会社で働いている。

「大活躍ですね?」

「……そうなんだけど」

答えた二美子の表情には、五郎が自分の好きな仕事で活躍していることを喜びながらも、一緒にいられない寂しさが滲《にじ》み出ていた。

「じゃ、これ、お願いします」

苔田は、二美子が落ち込んでいるのを横目に、席から立ち上がり、カウンターの中にいる数に時刻表を差し出した。

数は受け取った時刻表をじっと見つめて、

「……わかりました」

と答えた。だが、その表情は、

（渡すだけでいいのですか？　何か言伝《ことづて》は？）

と、問いかけていた。

苔田は、ほんの少し考えたが、すぐに、

「この時刻表に、僕からのメッセージを挟みました。妻が読んでくれたかどうかはわかりませんけど」

と、苦笑いを見せた。

「聞かなかったんですか？」

二美子が尋ねる。

「何をです？」

「そのメッセージを利華子さんが読んだかどうかを……」

その質問に、苍田はクスクスと笑って、

「いや、メッセージ書いたの今ですし、それに、今日まで僕も時刻表にメッセージを挟もうなんて考えてませんでしたから」

と、答えた。

「あ、そっか」

二美子は、自分のうっかりさ加減に呆れて、ペロリと舌を出した。

ボーン、ボーン

突然、柱時計が鳴り、二美子に抱かれた赤ん坊が驚いてぐずりはじめた。二美子は、慌ててあやしたが、赤ん坊はとうとう泣き出してしまった。

「あらら」

「じゃ、そろそろ……」

そう言って、苍田は二美子から赤ん坊を引き取った。

「これで、時刻表を買うのも最後です。僕には時刻表を見ながら頭の中で旅をする趣味はありませんので……」

苔田は慣れた手つきで抱っこ紐《ひも》で赤ん坊を抱えると、

「では、それ、お願いします」

と言って、数に向かって、改めて頭を下げた。

数は目を伏せて、小さくお辞儀を返した。

「苔田さん」

不意に、店を出ていこうとする苔田に、二美子が声をかけた。

「はい？」

「あの、こんなこと聞くのは野暮かもしれないのですが、どうしても気になってしまって……」

「メッセージの内容ですか？」

「あ、え？　……はい」

苔田が書いたのは、亡くなった妻へ宛てたメッセージである。しかも、利華子が読んだのかどうかもわからない。

（もし、利華子さんがそのメッセージの存在に気づかなかったとしたら、苔田さんの思いは、なかったことになってしまうのでは？）

二美子は、野暮という言葉を使ったが、せめて、苍田の利華子に対する思いを知る誰かになりたいと思った。自分にその資格がないことはわかっていた。だが、言わずにはいられなかった。

二美子は、

「ごめんなさい。利華子さんに宛てたメッセージなのに……」

と、申し訳なさそうに頭を下げた。

苍田は二美子が何を思ってそんなことを言ったのか理解した。そして、嬉しく思った。

(もしかしたら、このメッセージの内容を誰かが知ることで、僕と利華ちゃんが生きていた証《あかし》がその人の心に残るのかもしれない)

苍田は、はにかみながら、頭をかくと、

「大したことは書いてませんが……それでもよければ、僕が帰ったあとで、どうぞ……」

と、言い残して店を後にした。

カランコロン

メッセージを見た二美子から嗚咽がもれた。

そこには、こう書かれていた。

君は最後まであきらめなかった。
そして、最後まで幸せそうだった。ありがとう。
君の最愛の夫と息子より

第三話　完

第四話

亡くなった父親に会いに行く中学生の話

二〇一九年　十月下旬

「夢スか？」

店主の時田流《ときたながれ》はカウンターの中で腕を組みながら小首を傾《かし》げた。流に質問をしたのは三田絹代《みたきぬよ》で、この喫茶店の常連客の一人である。絹代は絵画教室を経営している。水彩画を得意としていて、有名な小説の表紙の絵を担当したり、自身の画集を出したりしたこともあった。とはいえ、それは三十年以上前の話で、ここ数年は画家を目指す若者の育成に勤《いそ》しんでいる。

そんな絹代から、流は、

「あなたの夢はなに？」

と、問われたのだった。

「むう」

突然の質問に、流は糸のように細い目をさらに細めて考え込んだ。

「じゃ、刻《こく》くんの夢は？」

絹代は、店の入り口近くのテーブル席に座る新谷刻《しんたにこく》に質問を向けた。刻は時田数《かず》が通っていた美術大学の一学年上の先輩で、今は廃墟を撮るフォトグラファーとして世界中を飛び回っている。

「僕ですか？　僕の夢は数さんと結婚することです」

刻は迷うことなく即答した。店内には数もいて、当然、刻の声は数の耳にも届いている。だが、数は他人事《ひとごと》のように聞き流していた。

刻の答えを聞いた絹代は、

「本人を目の前にしながらも迷いがないのがいいわよね」

と、ニコニコしながら数を見た。

数は逆らわない。ただ一言、

「そうですね」

と答えた。

「一度断られていますが、僕はまだあきらめていません」

「ますます、いいわね」

絹代はそう言って、刻に向かって称賛の拍手を送った。

絹代は、数の前に、刻のような気持ちのぶれない男性が現れるのをずっと待っていた。

「応援してる」

「がんばります」

数はそんな二人のやりとりを聞きながら、淡々とスプーンに紙ナプキンを巻き付ける作業を続けた。その表情に照れや恥じらいは見えない。

数の隣では、流が未《いま》だに腕組みをして天井を仰いでいた。

「……で？　流くんの夢は？」

絹代は（考える時間はあったでしょ？）と言いたげな表情で、再び流に問いかけた。

流はそれでもすぐには答えず、ムムムと唸《うな》ってから、

「おいしいって言われることっスかね？」

と答えた。

流が熟慮の末に出した回答に、絹代は、

「そんなの叶《かな》ってるじゃない？　おいしいわよ、流くんの淹《い》れるコーヒー、私の中では世界一よ。死ぬ前に『何が欲しい？』って聞かれたら、流くんのコーヒーって答えるぐらい、私はおいしいと思ってる」

と熱弁した。絹代は本当に流の淹れたコーヒーを愛していた。

嘘《うそ》偽りのない絹代の言葉に、

「確かに。叶ってますね、俺の夢」

と、流は糸のように細い目をさらに細めた。流が嬉《うれ》しい時に見せる表情である。

絹代も自分の言葉で流が喜んでいるのを見て、

「よかったわね」

と満足そうに頷《うなず》いた。

「じゃ、絹代さんの夢はなんスか?」

流が尋ねた。流は心の中で勝手に「一流の画家を育てること」や「個展を開くこと」「画集を出すこと」など、絵にまつわる答えを期待していた。流に絵のことはわからない。だが、絹代の絵を初めて見た時に、

(落ち着く。何時間でも見ていられる。それに、どこか懐かしい気持ちになる)

と感じたのを覚えている。

今は函館に移り住み、ドナドナという名の喫茶店で過去に戻るためのコーヒーを淹れている流の母、ユカリも、

「絹代さんの絵は将来必ず価値が上がって高値が付くに違いない」

と言って、いくつかの作品を買っている。現に絹代が画家を引退して、絵画教室を開く前の作品は、ユカリの言った通り高値が付き、一点数百万円もするものもある。だから流は、絹代の夢は絵に関するものだと思い込んでいた。

だが、そうではなかった。

絹代は、

「私の夢はね、数ちゃんが幸せになってくれること。それだけよ」

そう言って、数に優しくほほえみかけた。

絹代の言葉に数は一瞬仕事の手を止めたが、目を伏せたまま、無言で小さく頭を下げただけだった。絹代の気持ちはありがたいが、その期待には応えられない。そんな表情であった。

流は二人を見て、複雑な気持ちになった。

数は七歳の時に、母である時田要《かなめ》に、過去に戻るためのコーヒーを淹れた。要は亡くなった夫に会うために過去に戻り、そのまま帰ってこなかった。要はコーヒーが冷め切る前に飲み干すことができなかったのだ。その理由はわからない。だが、ルールにより要は幽霊となって過去に戻るための席に座りつづけることになった。要にコーヒーを淹れた数は責任を感じ、以後、自分が幸せになることを考えるのをやめてしまったのである。

当時のことを知っているのは、流と絹代だけだった。流としては、数の気持ちを知りながら、それでもあえて「幸せになってほしい」と言ってくれる絹代の存在が有り難かった。

カランコロン

「い、いらっしゃいませ」

来客を告げるカウベルに反応したのは流だった。

喫茶店の入り口から中学生くらいの少年が入ってきた。紺色のハーフコートに身を包み、ツーブロックに刈った髪をきちんと整え、落ち着いた雰囲気を醸し出している。背は小柄な数よりも少し低く、もしかしたら小学生かもしれないと流は思った。

「一人？」

流は少年に声をかけた。流には少年が少し緊張しているように見えた。その緊張が、過去に戻れる席に座るのが目的だからなのか、流ほどの大男を見たことがなく、威圧感を感じているからなのかは定かでない。だから、流はひとまずフレンドリーに話しかけてみた。少しでも少年の緊張を解そうと思ったからだった。

「はい。一人です」

「名前、聞いてもいい？」

「あ、はい。須賀《すが》ツグオです」

「ツグオくんね」

「はい」

ツグオ少年は答えると、コートを脱いで中央のテーブル席に腰を下ろした。

「いくつ？」

次に話しかけたのは絹代だった。

「十四歳です」

「中学二年生?」

「はい」

「しっかりしてる。礼儀正しいし、なにより、立ち振る舞いが大人」

「恐縮です」

「そういうところが、ね?」

絹代はツグオ少年を「礼儀正しく大人びた子」と評したことに同意を求めるように流を見た。

「そうっスね」

流も同じことを考えていた。

「何になさいますか?」

絹代とツグオ少年の会話が途切れるのを見計らって、数が注文を聞きにカウンターの中から出てきた。だが、ツグオ少年は差し出されたメニューを見て、表情を曇らせた。

「あ、えっと」

どうやら、お目当ての料理がメニューに載っていなかったようである。

絹代はそんなツグオ少年の思いをすぐに察知して、

「ここの店長さん、メニューにないものでも作ってくれるわよ」

と、声をかけた。

「え?」

「ね?」

絹代はそう言って、流に視線を向けた。

「なんなりと」

流は絹代の言葉を受けて、胸に手を当てて、仰々しく頭を下げた。

ツグオ少年は多少驚いたようだったが、好きなものを頼んでいいと言われて表情を緩めた。

「じゃ、カルボナーラお願いできますか?」

「カルボナーラね。オッケー。飲み物は?」

「……えっと」

ツグオ少年は少し考えてから、

「カルボナーラだけで大丈夫です。あと、お水いただけますか?」

と答えた。

「了解」

流は伝票に「carbonara」と書き込むと、キッチンに消えた。

カルボナーラは、卵、チーズ、パンチェッタ、黒胡椒《くろこしょう》を使って作るクリーミーなパスタ料理である。

「好きなの？　カルボナーラ」

絹代が、ツグオ少年に尋ねる。絹代は若いのに礼儀正しいツグオ少年を気に入ったようだった。

「はい。父がよく作ってくれたので」

「……そう」

絹代はツグオ少年が過去形を使っていることと、表情が少し曇るのを見逃さなかった。

(もしかして……)

十四歳の少年がなんの目的もなくこの喫茶店に来ることは珍しい。絹代は、ツグオ少年が、もしかしたら今は会えなくなった父親に会うためにこの喫茶店に来たのかもしれないと思った。だが、安易に詮索していい話題ではない。絹代は、

「彼の作るカルボナーラはおいしいわよ」

とだけ、付け加えた。

「それは楽しみです」

ツグオ少年は笑顔で答えた。

「ごちそうさまでした」

不意に入り口近くのテーブル席に座っていた刻が立ち上がった。

「あら？　帰っちゃうの？」

カウンター席に座る絹代が飲みかけのコーヒーカップを手に持ったまま尋ねた。刻は伝票を手に、向かいの椅子の上に置いていたバッグに手を伸ばした。そのバッグには仕事で使うカメラ機材が入っている。

「明日からフランスなので」

「また、廃墟？」

「はい」

「刻くんは人間には興味がないの？」

絹代が尋ねる。

刻は風景写真を専門にしていて、特に廃墟をモチーフにした写真集を何冊も出している。彼の写真に人が写り込むことはなく、受ける仕事も風景の撮影ばかりだった。絹代は、刻とは逆に人物画を専門にしていた。とはいえ絹代も、刻が本気で人間に興味がないとは思っていない。ただ、あえて廃墟ばかり撮っている理由を聞いてみたくなったのだ。

刻は絹代の質問に、

「そうでもないですよ」

と、さらりと答えた。

「あら、そうなの?」

「僕は人が生きていた痕跡を写真に収めるのが好きなんです。そこにどんな人がいて、どんな暮らしをしていたのか。廃墟を見て、想像するのが好きなんです。多分、誰よりも人間に興味があると思ってます。僕の写真は数さんの絵とは真逆です。数さんは、あえて人を描かない。でも、それがおもしろいし、僕は好きなんです」

刻はそう言って、カウンターの中に佇《たたず》む数を見た。

刻の言う数の絵とは、数が大学生の時に描いた作品のことである。その絵には生活感のある街並みが描かれていたが、人間だけが描かれていなかった。廃墟という場所に人間が生きていた痕跡に興味を示す刻と、本来、人がいるはずの街並みを描きながら、あえて人間だけ描かない数。二人の作品は人間が描かれていないという点においては同じに見える。だが、作品を通して人間に近づこうとしている刻と、人間から離れようとしている数とで、創作意図が真逆である。絹代も芸術の世界で生きてきたからこそ、二人の作品から感じるものがあった。

絹代はレジを挟んで向かい合う二人を交互に見て、

「あなたたち、やっぱり、お似合いだわ」

と満足そうにほほえんだ。

数は絹代の言葉を他人事のように聞き流し、淡々と、

「クリームソーダ代、四二〇円です」

と、刻に告げた。

「……じゃ、これ」

刻は小銭入れから四二〇円を取り出して、釣り銭トレイの上にジャラリと置いた。

「ちょうどいただきます。ありがとうございました」

数はレジをガチャガチャと打って、受け取った硬貨をドロワーへと収めた。

刻は最後にカウンターに座る絹代に頭を下げた。

絹代は刻に向かってささやくように、

「がんばってね」

と告げて手を振った。フランスでの仕事に対してではない。恋愛に一切興味を示さない数に対して、数の反応も構わず、ずっと好意を持ちつづける刻を応援したいという気持ちの表れであった。

カランコロン

刻が店を出ていくと、絹代はカウンター越しに数に向かって、

「いい子ね」

と、ささやいた。絹代の言葉に嘘はなかった。絹代は、

（数ちゃんを幸せにできるのは刻くんだけかもしれない）

と思っている。

「そうですね」

数は逆らわない。刻が数にとって「いい人」であることに間違いはない。ただし、絹代の言う「いい人」とは意味が違う。数はあえて絹代の言いたいことを「刻は、誰にとっても害がない人」という意味に取って、「そうですね」と答えたのだった。

「お待たせしました」

流がキッチンから戻ってきた。流はカルボナーラとミニサラダを載せた銀のトレイを数に手渡した。カルボナーラの仕上がりに満足しているのか、満面の笑みを浮かべている。

「どうぞ」

数がツグオ少年にできたてのカルボナーラを供する。ツグオ少年は目の前に置かれたカルボナーラを覗《のぞ》き込んだ。

「すごい」

ツグオ少年は思わず感嘆の声をあげた。

「どうぞ、熱いうちに……」

流はカルボナーラに見入っているツグオ少年に声をかけた。

「あ、はい」

ツグオ少年は慌てて、フォークを手に取り、パスタを皿の端でクルクルと一口大にまとめて口に運んだ。

「おいしい」

ツグオ少年はそうつぶやいて、満面の笑みを見せた。

絹代は、その表情を見て、

「また夢が叶ったわね?」

と、流の顔を覗き込んだ。

「そうっスね」

流は満足げに目を細めた。

だが、無心で食べつづけていたツグオ少年の様子が変わった。不意に洟《はな》を啜《すす》り上げ、ポロポロと涙を流しはじめた。

だが誰も「どうかしたの？」とは聞かない。流も絹代同様、ツグオ少年は目的があってここに来たことを薄々感じ取っていた。この喫茶店は、中学生が偶然見つけて入ってくるような雰囲気ではないからだ。その目的はおそらく、

（過去に戻るため）

だと、絹代も流も考えていた。

「すみません」

ツグオ少年はひとしきり泣くと、さっき脱いだコートからポケットティッシュを取り出して、濡《ぬ》れた頬《ほお》を拭った。

「カルボナーラ、おいしかったです」

「そう。よかった」

絹代はそう言って、流を見た。

（これは、こちらから聞いてあげるべきかもね？）

絹代の目はそう訴えている。

もしかしたら、ツグオ少年はここが過去に戻れる喫茶店であるということについて、まだ、確信がないのかもしれない。確信もないのに「過去に戻らせてください」と切り出すのはハードルが高すぎる。もし、少年が過去に戻るために来店したのであれば、その意志を確認するの

は店主である流の役目ではないかと絹代の目は訴えていた。

（そうっスね）

流も同じことを考えていたのだろう。すぐに絹代の意図を理解して、カウンターの中から身を乗り出して、ツグオ少年に問いかけた。

「君さ、この喫茶店の噂《うわさ》聞いたことある？」

「え？」

「過去に戻れるって噂なんだけど……」

ツグオ少年は、過去に戻れるという言葉を聞いて、一瞬、驚いたように目を見開いたが、すぐに落ち着いた口調で、

「知っています」

と、答えた。

「じゃ、やっぱり、過去に戻るために、ここへ？」

「……はい。亡くなった父に会いたくて……」

「ルールのことは？」

「一応、一通りは……」

「なるほど」

絹代と流の予想通り、ツグオ少年が来店した目的は過去に戻ることだった。だが、さっきまで少年らしからぬ落ち着きを見せていたツグオ少年は、流の問いかけに表情を曇らせた。

「どうしたの？」

尋ねたのは絹代である。噂が本当だと知ればツグオ少年は喜ぶと思っていた。だが、少年の表情は前より鬱々としているように見えた。

「実は……」

ツグオ少年は目を伏せたまま、絞り出すような小声で、

「父がこの喫茶店に来たことがあるかどうかは、わからないんです」

と、告げた。

「え？」

「え？」

絹代と流は、驚きの声をあげ、顔を見合わせた。過去に戻るためのルールの一つに「この喫茶店を訪れたことのない者には会うことはできない」というものがある。つまり、もし、ツグオ少年の父親がこの喫茶店を訪れたことがなければ、過去に戻っても会うことはできない。ツグオ少年の暗い表情は、そのことを憂慮してのものだった。

「ネットでこの喫茶店について書かれたある記事を読んだんです」

「記事？」

絹代は（知ってる？）と窺《うかが》うように流を見た。

「知らないっスね」

流はスマートフォンを持ち歩くことはなく、パソコンでインターネットを見ることもない。

ツグオ少年が見たという記事も、多くの人に閲覧されているものではなく、たまたま見ていたネット記事に紐付《ひもづ》いて表示されたものだった。内容は「さよなら」を言えずに死んでしまった犬に、過去に戻ってもう一度会うことができたというものだった。その記事に対するコメントの大半は、「作り話だ」と揶揄《やゆ》するものだったが、その数は十件にも満たない。現代のインターネットの普及率を考えれば、ほとんど読まれていない記事であることは明らかだった。

だが、偶然、その記事を読んだツグオ少年の心には刺さるものがあった。

「両親は僕が生まれてすぐに離婚して、僕は父に引き取られました。その父が、四か月前に心臓の病気でこの世を去ったのですが、突然過ぎて……」

ツグオ少年は、そこまで話して、一瞬、声を詰まらせた。だが、込み上げてきたものをぐっと呑《の》み込み、話を続けた。その健気《けなげ》な姿に、絹代は涙を浮かべていた。

「記事を読んで、もし、本当に過去に戻って、もう一度父に会えるならって、居ても立ってもいられなくなってしまって……」

しっかりしているとはいえ、まだ十四歳の少年である。頼るべき父親を失った悲しみは、四か月で癒されるものではない。父親にもう一度会えるかもしれない、会えるなら会いたいと願う気持ちを抑えきれなくなったのだろう、ツグオ少年の目から再び堰《せき》を切ったように涙があふれた。流は糸のような細い目をさらに細めて、洟を啜り上げた。絹代もハンカチを取り出して、目頭を押さえた。

「すみません」

ツグオ少年はそう言って、紙ナプキンで頬の涙を拭うと、

「父は料理人で、数年前に神保町《じんぼうちょう》でおいしいカルボナーラを食べたことがあると言ってたのを思い出したんです。ネットで読んだ記事では、過去に戻れる喫茶店も神保町だったんで、もしかしたらって思って……」

と、続けた。

「そう。それで……」

絹代はカルボナーラを食べながら泣き出したツグオ少年のことを思った。流にも絹代にも、ツグオ少年と父親を会わせてあげたいという気持ちはある。しかし、あまりにも確証が持てない。

流は「むう」と唸って、眉間に皺《しわ》を寄せ黙り込んでしまった。

「もし、お父さんが来ていたとしたらどのくらい前かわかる？　神保町でおいしいカルボナーラを食べたと言っていた時期とか？」

絹代はわずかな可能性を探るために、ツグオ少年の向かいの席に座って尋ねた。

「あれは……、確か、僕が小学四年生の時だから、四年前だったかと……」

「四年前か……」

流は四年前にカルボナーラを出したことがあるかどうか思い出そうと天井を仰いだ。四年前といえば、清川二美子《きよかわふみこ》や平井八絵子《ひらいやえこ》が過去に戻った頃である。まだ、流の妻、時田計《けい》が生きている頃で、カルボナーラは計の得意料理でもあった。平井の妹がやってきて、若鶏《わかどり》と青じそのクリームパスタを出した記憶はある。

流は、不意に、レジ横に置かれている写真に目をやった。その写真には生前の時田計が写っている。

（あいつだったら、こういう時、なんて言うだろうか？）

計は自由奔放、天真爛漫《らんまん》を絵に描いたような女性で、初対面の人にも物怖《ものお》じすることなく、誰とでもすぐに仲良くなる。

（きっとあいつなら、悩まずに「行ってみれば？」と言うだろうな）

流は写真の中の計を見ながら、そう思った。計の意見は、一見無責任なようで、実は一番シンプルで最良の結果をもたらすことがよくあった。

(俺は、この子が過去に戻って父親に会えなかった時のことばかり考えてしまうけど、こいつならきっと、会えた時のことしか考えないんだろうな……)

流は食べ終えた皿を片付けるためにキッチンに向かおうとしていた足を止めて、くるりと身を翻した。そして、

「あのさ、とりあえず、行ってみたらどうかな?」

と告げた。その口調は(自分の発言が正解だとは思わないが、とりあえず思ったことを口にしてみた)と主張しているかのようだった。

「え?」

流の発言に驚いたのは絹代だった。

「突然、どうしたの? なんだか、計ちゃんみたいなこと言って?」

「そうッスね。あいつがここにいたら、こう言うんじゃないかなって」

流はそう言って、レジ脇に置いてある写真を見た。その視線につられて絹代も目を向ける。

「もしかしたら、彼はお父さんには会えないかもしれない。でも、それは不幸なことではなくて、お父さんがこの喫茶店を訪れていなかったという事実だから仕方ないんです。ルールっスから。でも、もし、会えたら幸せなことだと思うんス。てことは、行かないでこの幸せを手に

入れるチャンスを逃してしまうくらいなら、行った方がいい。あいつなら、きっと、こう考えると思うんスけど、どうスかね？」

絹代は流が流らしくないことを言ったことに驚いたが、

「確かに、そうね。その通りだと思う」

と、大きく頷いてみせた。

ツグオ少年も、流の言葉に勇気をもらったのか、目を輝かせた。さっきまでの鬱々とした表情は消えていた。

（よかった）

ツグオ少年の表情を見て、流もホッと胸を撫《な》で下ろした。流は皿を片付けて、

「念のためだけど、ルールを確認してもいいかな？」

と、尋ねた。

「はい。確か……この喫茶店に来たことがない人には会えない。現実を変えることはできない。喫茶店から出られない。あと、制限時間があるんですよね？」

ツグオ少年は覚えているだけのルールを、指を折りながら答えた。

「ま、大体、合ってるね」

流はそう答えると「喫茶店から出られない」のではなく、正確には「過去に戻るために座っ

た席を立って移動することはできない」であると告げた。席を離れると、強制的に現在に引き戻されることになる。もし、ツグオ少年が父親に会えた時に、思わず立ち上がってしまったら、せっかくの再会が終わってしまう。それはあまりに残念であるからだ。

「なるほど。わかりました」

「あと、一番大切なことなんだけど」

「はい」

「過去に戻ったら、必ず、コーヒーは冷め切る前に飲み干すこと。いいね？」

「はい。わかっています。飲み干さないと幽霊になっちゃうんですよね？」

「うん……」

流はツグオ少年がコーヒーを飲み干せなかった場合のリスクもちゃんと理解していることを知って安堵《あんど》したが、一抹の不安も感じていた。流は真剣な眼差《まなざ》しで、

「もし、お父さんに会えても、コーヒーのことだけは忘れないように」

と、念を押した。

「はい。わかりました」

ツグオ少年はそう言って笑顔を見せた。その純粋な笑顔には、父に会いたい、会えるかもしれないという気持ちがそのまま表れていた。

ツグオ少年が過去に戻れる席が空くのを待ちはじめてから、二時間が過ぎた。絹代は帰宅し、流は娘のミキを連れて買い出しに出たところだった。そして、店内に時田数とツグオ少年の二人きりになった時だった。

パタン

不意に、本を閉じる音が響いた。試験勉強のために問題集を広げていたツグオ少年が顔をあげると、白いワンピースの女が立ち上がるところだった。

「あ……」

ツグオ少年の視線は、ゆっくり歩き出す白いワンピースの女からカウンターの中にいる数に移る。

（あの席に座れば、過去に戻れるんですよね？）

ツグオ少年の目は数にそう尋ねている。

数は（はい、そうです）というようにかすかに頭を下げて、そのままキッチンへと姿を消した。

「……」

白いワンピースの女は足音を立てず、ゆっくりとツグオ少年の脇を通り過ぎ、トイレへと消えた。店内にはツグオ少年一人が残された。だが、ツグオ少年は慌てない。流から白いワンピースの女がトイレに立った後に何をすればいいかの説明を受けている。数がキッチンに消えた理由もわかっている。

ツグオ少年は改めて白いワンピースの女が座っていた席を見て、ゆっくりと立ち上がった。過去に戻れるという席の前に立つと、鼓動が少し速くなるのを感じた。

（どうか、お父さんと会えますように……）

願いを込めて目を閉じると、父との楽しかった日々を思い出し、再び、目頭が熱くなった。

朝、寝室に父がいて、目覚ましのアラームで起き、お弁当を作って、送り出してくれる。学校から帰ると、「おかえり」と迎えてくれて、仕事で不在の時は、おいしい夕食が必ず用意されていた。一緒に風呂にも入ったし、遊園地や、海や山にも連れていってもらった。友達のようになんでも話せる父が、ツグオ少年は大好きだった。そして、その生活が、ずっと続くと信じて疑わなかった。

だが、別れは突然訪れた。夜中、のたうち回りながら胸部の痛みを訴える父を見て、震えが止まらなかったのを覚えている。その日が最後の別れになるとは思ってもいなかった。

コツコツと足音がして、キッチンから数が戻ってきた。数は、過去に戻れる席を見つめているツグオ少年に、

「どうぞ。お座りください」

と声をかけた。手には銀のケトルと白いカップの載ったトレイを持っている。

「あ、はい」

ツグオ少年は答えて、神妙な面持ちでテーブルと椅子の間に体を滑り込ませた。

（椅子もテーブルもひんやりしている？）

ツグオ少年は、自分のいる空間が明らかに特別な場所であることを肌で感じ取っていた。数は静かにカップをツグオ少年の前に置き、準備を進める。

「よろしいですか？　これから私があなたにコーヒーを淹れます。過去に戻れるのは私がカップにコーヒーを注いでから、そのコーヒーが冷め切るまでの間だけです」

「……は、はい」

「冷め切るまでに飲み干せなかった場合のこともご存じですね？」

「はい」

ツグオ少年は、この時まで会話らしい会話をしてこなかった数から粛々と説明を受けるうちに、どんどん鼓動が速くなっていくのを感じた。

「ただ、冷め切るといっても、そのタイミングは曖昧で、わかりにくいものです。だから、これを……」

数はそう言って、トレイの上から十センチ程度の長さのマドラーのようなものをつまみ上げ、カップに入れた。

「これは何ですか？」

「こうやって入れておけば、冷め切る前にアラームが鳴ります。なので、鳴ったらすぐに飲み干してください」

「わ、わかりました。鳴ったら飲み干せばいいんですね？」

「はい」

ツグオ少年は、数の雰囲気に気圧《けお》されながらも、

（コーヒーは嫌いじゃないし、飲み干せないわけがない）

と思った。

「あとはイメージです」

「イメージ？」

「あなたのお父さんがこの喫茶店に来ているところを強く思い描いてください」

「それは、父がこの喫茶店に来たことがなくてもですか？」

「はい。ただし、来たことがないというイメージが強いと、本当は来ていたとしてもこの喫茶店にはいなかった日に戻ってしまう場合もあります」

「え？」

「だからこそ」

「来ていると信じて、イメージする？」

「はい」

「……わかりました」

ツグオ少年は、言われた通りに目を閉じ、父がこの喫茶店にいる場面を想像してみた。

（よかった。お父さんがここにいることをイメージするのはそんなに難しいことじゃない）

ツグオ少年は、数に向かって「お願いします」と、目で合図を送った。

店内はシンと静まり返っている。カチコチと柱時計の秒針の音だけがやけに大きく響いた。

ボーンボーン、ボーン

突然の、大音量で鳴り響く午後五時を知らせる鐘の音と同時に、

「では」

と数は告げ、銀のケトルに手をかけた。そして、

「コーヒーが冷めないうちに」

と、ささやいた。


ツグオ少年の父親は名を龍太郎《りゅうたろう》という。龍太郎は心臓の弁膜に異常があり、狭心症（心臓の血流が一時的に減少し、胸痛を引き起こす状態）と診断されていた。主な要因としては高血圧、高コレステロール、喫煙、肥満、運動不足などがあげられるが、龍太郎の場合は祖父も曽祖父も同じ病気で亡くなっていることから、生活習慣のせいではなく、遺伝的な要因が強いのではないかと疑われていた。

ツグオ少年は龍太郎から「お母さんとはお前が生まれてすぐに離婚した」とだけ聞かされていたが、本当の理由は育児放棄による失踪《しっそう》だった。ツグオ少年はそれを知らない。龍太郎は、物心がついたツグオ少年に「どうして、お母さんと別れたの？」と聞かれても、

「きっと、父さんが悪かったんだ」

と、申し訳なさそうに答えるだけだった。

ツグオ少年は、そんな父を不憫《ふびん》に思ったのだろう、

「でも、お父さんは僕にとって最高のお父さんだよ！」

と、龍太郎を励ますようになった。

ツグオ少年は、母がいないという寂しさは、きっと龍太郎も同じに違いないと思っていた。

だから、

（自分だけは何があってもお父さんの前からいなくならない）

と誓った。

そんなツグオ少年の気持ちは、龍太郎にもちゃんと伝わっていた。龍太郎はツグオ少年が愛《いと》おしくて仕方なかった。料理人としてレストランで働く龍太郎は、勤務時間が不規則だったが、退勤後は同僚に誘われても飲みには行かず、まっすぐに帰宅した。新しいメニューを考えると、自宅でも作ってツグオ少年に食べさせるのが習慣になっていた。ツグオ少年も、外食より龍太郎に家で作ってもらう料理を食べるのが好きだった。

　特にツグオ少年が好きだったのがカルボナーラである。龍太郎はおいしいと言われるカルボナーラのレシピを知ると、必ず、自ら作ってツグオ少年に食べさせた。

ある時、龍太郎はとある喫茶店のカルボナーラを食べて衝撃を受けた。自分がこれまで食べてきたカルボナーラの中で一番おいしい。

（このカルボナーラを、ツグオにも食べさせてやりたい）

龍太郎は同じ味のカルボナーラを食べて「おいしい」と幸せそうに笑うツグオ少年の顔を思った。

（何としても作り方を知りたい）

だが、料理人が同業者にレシピを尋ねるのはあまり褒められたことではない。下手をすれば、揉《も》め事に発展することもあるだろう。龍太郎も料理人である。何度か、同じ味を再現するために挑戦してみたが、どうにもうまくいかない。龍太郎は、どうしてもツグオ少年の「おいしい」の一言が聞きたくて、あきらめきれなかった。

（これだけおいしいカルボナーラなら、きっと、誰にも知られていない秘訣《ひけつ》があるはずだ）

龍太郎は、その喫茶店のシェフに、作り方を教えてほしいと頭を下げることにした。

「教えられるか！　出ていけ！」

そう言われることも覚悟していたが、現れたシェフは気軽に、

「いいっスよ」

と言って、レシピのメモまで書いてくれた。

龍太郎は何度も礼を言って、店を後にした。


ツグオ少年が目を覚ますと、店内にはカウンターの中に数がいるだけだった。

（本当に過去に戻ったのかな？）

周りを見回しても、この喫茶店は地下二階にあるために、昼なのか、夜なのかもわからない。

（さっきコーヒーを淹れてくれたあの人も同じ服装だし、カレンダーもない）

ツグオ少年は、

「あの、一つお聞きしてもよろしいですか？」

と、丁寧な口調で数に話しかけた。

「はい」

数は仕事の手を止めると、静かに答えた。ツグオ少年は、数にじっと見つめられて、緊張しながら、

「今は何年の何月何日ですか？」

と、尋ねた。緊張の原因は二つある。

一つは、

（こんなことを聞いて変な人と思われないかな？）

という心配。映画やドラマの中で記憶喪失になった人がするようなその不思議な質問は、普通の喫茶店ですれば、確実に変な人だと思われる。ツグオ少年はそれが心配だった。しかし過去に戻れる店なのだから許されるのでは？　というのがツグオ少年の判断だった。

もう一つは、

（お父さんの姿が見えない、ということは……）

という、これは心配というより落胆に近いものだった。テーブル席が三つにカウンターだけの狭い店内である。座っている場所からでも全体が見渡せる。そこに、今は自分と数がいるだけ。つまり、

（父には会えない）

ことが確定してしまう。ツグオ少年は、残念な気持ちと悲しい気持ちと寂しい気持ちの入り混じった複雑な心境だった。

そんなツグオ少年の質問に数は、

「二〇一八年、十一月八日です」

と答えた。

「え？」

ツグオ少年は、一瞬、自分の耳を疑った。龍太郎が「おいしいカルボナーラを食べた」と言っていたのは自分が小学四年生の時である。だとすると、龍太郎がこの喫茶店を訪れたのは二〇一五年でなければ計算が合わない。

「二〇一八年ですか？　本当に？」

ツグオ少年は思わず腰を浮かしかけるほど動転して、聞き返した。

「はい。間違いありません」

数はそう答えると、再び手を動かしはじめた。

「え……？」

ツグオ少年は混乱していた。二〇一八年十一月というと、龍太郎が死ぬ半年前である。その頃には以前ほど頻繁にカルボナーラが食卓に上ることはなくなっていた。

「あの」

「はい」

「僕はイメージしたんです。あなたに言われて、父がこの喫茶店に来ているところを。あ、えっと、正確には、父がこの喫茶店に来ていたかどうかはわからなくて、それでもイメージしてくださいと言われたから、だから、イメージしたんですけど、全然、見当違いな日に来てしまったみたいで、えっと、だから……」

ツグオ少年は、あまりの動揺に、目の前にいる過去の数とコーヒーを淹れてくれた未来の数を混同し、整理ができないますますべてを説明しようとして、収拾がつかなくなっていた。

だが、数は、取り乱し感情の昂《たかぶ》ったツグオ少年の言うことを理解し、受け止めたのか、

「では、きっと、あなたはイメージした通りの時間に来たんだと思います」

と、冷静に返した。

「イメージした通り?」

「はい」

数は答えて、そのままキッチンへと消えてしまった。

「……」

店内に一人取り残されたツグオ少年は、愕然《がくぜん》として、キョロキョロと目を泳がせた。自分を置いてキッチンに消えてしまった数に対する怒りはない。ただ、ただ、どうしていいのかわからなかった。

(何がいけなかったんだろ? 僕はイメージしろと言われたから、ここにお父さんがいることを想像しただけだったけど、もしかしたら具体的な時間もイメージしなきゃだめだったのかな? あ、そういえば、あの人が『来たことがないというイメージが強いと、本当は来ていた

としてもこの喫茶店にはいなかった日に戻ってしまう』って言ってたような……。僕は、もしかしたら、心のどこかで来てるわけがないってイメージしてしまったのかもしれない。そもそも、お父さんが来ていないのであれば、二〇一八年であろうと、二〇一五年だろうと関係ないけど……）

ツグオ少年は、ふと、流の言葉を思い出しながら、

（でも、ここに来たことは決して不幸なことではない。お父さんと会えなかったとしても、この先、なにかが変わるわけじゃない。今までと変わらない生活に戻るだけ。会えれば幸せ。それだけだ。残念だけど、実際には、お父さんがこの喫茶店には来たことがなかったってことなんだから、仕方がない）

と、落ち込みそうになる自分に無理やりそう言い聞かせた。気持ちを整理するために、大きく息を吸って、ゆっくりと息を吐いた。そして、落ち着きを取り戻すと、目の前に真っ白なカップが見えた。

（帰ろう）

ツグオ少年はカップに手を伸ばした。

その時、キッチンから聞き覚えのある声がした。

「ツグオ?」

ツグオ少年がキッチンに顔を向けると、そこには龍太郎が立っていた。

「え?」

いきなり現れた父の姿に言葉を失い、呆然《ぼうぜん》とするツグオ少年に龍太郎が歩み寄る。

「お前、こんなところで何やってんだよ?」

龍太郎は腕まくりをしたワイシャツ姿で、小豆色のキッチンエプロンを着けている。驚いてはいるが、龍太郎の表情は嬉しそうに緩んでいる。

「お父さんこそ……」

反射的にそう言ったが、ツグオ少年の頭はまだこの状況に追いついていなかった。

「俺は、あれだ、ここの店長さんにおいしいカルボナーラの作り方を教えてもらってて……」

龍太郎はバツが悪そうにゴニョゴニョと答えた。

「でも、それは、もっと前に……」

「前? あー、あれも確かにおいしかったよな? お前も、ずいぶん気に入ってたからな。ははは。でも、ここのカルボナーラはもっとおいしい。やばいくらいにおいしいんだよ。こりゃ、お前にも食べさせてやらんとなと思ってレシピまで教えてもらったんだけど、レシピだけじゃおいしく作れなくて、じゃ、教えますよって言ってくれたから……」

「息子さんスか?」

龍太郎の背後から流が声をかけた。

「あ、ええ」

龍太郎は、ツグオ少年を流に紹介するために向き直った。

「息子のツグオです。カルボナーラが好きで、な？　ほら、挨拶して」

「あ、うん」

ツグオ少年は、龍太郎にそう言われて、思わず立ち上がりそうになった。すると流が慌てて、

「あ、座ったままで！」

と動きを手で制した。

「あ……」

ツグオ少年はすぐに流の意図を察し、力を抜いて、浮かしかけた体を戻した。うっかり席から立ち上がれば、強制的に未来に引き戻されてしまうからだ。

「いや、でも」

「大丈夫っス。それより、息子さん、何か大事な用があって来られてるんじゃないスか？　俺、今茹でてるパスタ見てますんで、どうぞ」

流はそう言うと、龍太郎の返事も待たずに、あっという間にキッチンへと消えてしまった。

流と共に数も去った。

店内にはツグオ少年と龍太郎の二人きりになった。ツグオ少年は、四か月前に死んでしまったはずの龍太郎を目の前にして、未だ、動揺していた。

（本当にお父さんだ）

ツグオ少年は、龍太郎の顔をまともに見られなかった。今、目の前にいるのは、葬儀の日に棺《ひつぎ》の中で見た、生気を失い、蠟《ろう》人形のように動かなくなった龍太郎ではない。見なれたままの、血色もよく、笑顔の龍太郎だった。ツグオ少年は、泣いてしまいそうになるのを必死で我慢していた。

「よく、ここがわかったな？　父さん、お前に話したっけ？」

龍太郎はそう言って、ツグオ少年の向かいの席に腰を下ろした。ツグオ少年はうつむいたまま、顔をあげられない。

「ん？　どうした？　なんかあったか？　悩み事か？」

普段なら積極的に自分から話しかけてくる息子が、いつまで経《た》ってもうつむいたままなので、龍太郎は心配そうにその顔を覗き込んだ。

「あ、ううん。なんでもないよ」

「そっか？」

「うん」

「……お前、まさか？」

「何？」

「好きな子でもできたか？」

「え？」

「そっか、お前もそんな年頃になったか？　で？　どんな子だ？　同じクラスの子か？」

「違うよ」

「嘘つけ」

「そんなんじゃないって」

「じゃ、なんだよ？　その顔は？」

龍太郎は（いつもなら、なんでも話してくれるじゃないか？）とでも言いたげな表情で、拗ねた子供のように口を尖《とが》らせた。そんなやりとりの一つ一つが、ツグオ少年の感情を揺さぶってくる。

（ここで泣いちゃだめだ）

ツグオ少年は唇を噛《か》み締めた。

「お父さん」

「ん？」

（もし、お父さんに会えたら、ちゃんと言おうと思っていたことがある）

ツグオ少年はカップを触って温度を確かめた。

（少しぬるいけど、まだ、アラームは鳴ってない）

ツグオ少年は、顔をあげて、

「お父さん、僕ね」

と、切り出した。

「僕、お父さんに言っておかないといけないことがあるんだ」

「な、なんだよ？　改まって……」

龍太郎は、ツグオ少年のいつになく真剣な表情と言動に困惑して、背筋を伸ばして椅子に座り直した。だが、その表情には（何か、サプライズでもするつもりか？）というような余裕がある。ツグオ少年にとっては四か月ぶりの再会ではあるが、龍太郎にとっては今朝まで一緒にいた息子だからだ。

ツグオ少年が「言っておかないといけないことがある」と切り出してから、うつむいたまま黙り込んでいたので、龍太郎はしびれを切らして、

「どうした？　お前らしくもない。そんなに言いにくいことなのか？」

と、ツグオ少年の顔を覗き込んだ。

「なら、今日でなくても……」

「僕、お母さんに会ったことがあるんだ」

「……え？」

ツグオ少年の告白は龍太郎にとって青天の霹靂《へきれき》とも言えるものだったのだろう、龍太郎は言葉を失い、数秒間動かず、しばらくしてやっと、

「そっか……」

とつぶやいて、天井を見上げ、背もたれに体を預けた。ついさっきまで「好きな子でもできたか？」と、冗談まじりに息子の顔色を窺っていた龍太郎はどこにもいない。その目は動揺を隠せずに、うつろに宙をさまよっている。

ツグオ少年の母親は、ツグオ少年を産んですぐに産後うつを患い、育児放棄をして二人の元から姿を消した。だが、龍太郎はそのことで妻を責めることはなかった。

（産後うつは誰でもなる可能性はあるし、妻が悪いわけではない）

龍太郎はそう考えていた。だから、ツグオ少年にも母親を悪く言うことはなかった。それは、心のどこかで、いつか妻が、ツグオ少年を引き取りたいと言ってくるかもしれないと思っていたからだった。

だが、実際にツグオ少年の口から、自分が知らないところで母親と会っていたと告白された

ことは、想像以上にショックが大きかった。まず自分に「息子に会いたい」と申し入れがあって、その後、ツグオ少年と引き合わせ、その上で「引き取りたい」と言われるのであれば、心の準備もできる。しかし、何も言わずに会っていたなんて。

龍太郎は、そんな妻を非難したい気持ちになった。だが、今は母親と会ったと告白した息子の次の言葉が気になる。息子がいつもと違って、妙によそよそしく、緊張しているように見えたのも納得がいった。

(言いにくいということは、そういうことだ)

龍太郎はツグオ少年の次の言葉を待つしかなかった。

(聞きたくない。だが、息子が勇気を出して大事なことを言おうとしている。父親として聞かないわけにはいかない。俺に聞く準備がなければ、ツグオも言いにくいに違いない)

龍太郎は、ツグオ少年に気づかれないように、静かに大きく息を吸って、

「……それで?」

と、尋ねた。

「うん」

「……」

「お母さんが、一緒に暮らさないかって……」

「……そっか」

「お母さん、ごめんね、ごめんねって謝ってた」

「全部、聞いたんだな？」

「……うん」

ツグオ少年は握った拳に力を込めた。

「お父さん」

「ん？」

「今日まで、お母さんが僕を捨てたことを黙っててくれてありがとう」

「……うん」

それきり、二人は黙った。ツグオ少年はうつむいて、龍太郎は天井で回るシーリングファンを見上げていた。

ピピピピ、ピピピピ

「あ……」

アラームの音でツグオ少年は我に返り、カップに手を当ててみた。

（あ……）

コーヒーは、すでに一息に飲み干せるほどにぬるくなっていた。それでも、ツグオ少年はコーヒーを飲み干すことに躊躇《ためら》いがあった。

（僕はまだ大切なことをちゃんと伝えてない）

一方、龍太郎は、

「……茹で上がったかな？」

と、アラームの音をパスタの茹で上がりを知らせるものだと勘違いした。龍太郎は慌てて立ち上がり、ツグオ少年に背を向けた。

「お父さん！」

「ん？」

ツグオ少年に呼び止められて、龍太郎は背を向けたまま、足を止めた。

「あ、あのね……」

ツグオ少年は母親と暮らすことになっていた。だがそれは、龍太郎の葬儀の後、改めて、母親からの申し入れに答えたツグオ少年の身の振り方だった。龍太郎が亡くなるまでは、母親と暮らすなんて考えたこともない。

「実は、僕……」

「ん？」

「断ったんだ」

「え？」

「僕はこれからもお父さんとずっと一緒だから……」

嘘だった。厳密には嘘ではない。龍太郎が生きている時は、そう思っていた。だが、母親と会ったことがあると言った時の龍太郎の表情を見たツグオ少年には、今の龍太郎に母親と暮すとは言えなかった。ツグオ少年はこれでいいと思った。

ツグオ少年の言葉を聞いて、龍太郎はギュッと目を閉じた。顔をあげ、唇を嚙み締めている。肩が震えている。

「……そうか」

とうとう、龍太郎の目から涙がこぼれ落ちた。

「……泣くほど嬉しい？」

「ばかやろ」

龍太郎は、顔を隠すようにして、頰の涙を拭った。

「あ、えっと、そろそろ……」

不意に、キッチンから顔を出した流が声をかけた。もちろんそれは、コーヒーを飲み干す時

間が来たツグオ少年に向けてであった。だが、龍太郎は自分に言われたものだと勘違いして、

「あ、今行きます！」

と、答えた。

慌ててキッチンに向かおうとする龍太郎に、

「お父さん！」

と、ツグオ少年が声をかけた。

「ん？」

「カルボナーラ、楽しみにしてるから」

「……任せろ」

「うん」

龍太郎はくるりと身を翻したが、なぜか、キッチンに向かおうとはせずに、その場に立ち止まっている。ツグオ少年は（どうしたんだろ？）と不思議に思ったが、まずは、コーヒーを一気に飲み干した。すぐに、クラクラと目眩《めまい》が襲ってきた。

（あ……、よかった。間に合った）

見ると、龍太郎はまだ動かない。

「お父さん？」

「……ツグオ、ありがとな」

龍太郎は背を向けたまま、恥ずかしそうにつぶやいた。

「うん……」

その直後、ツグオ少年の体は真っ白な湯気になり、天井へと吸い込まれていった。

二〇一九年　十一月

「どいて」

気がつくと、ツグオ少年の目の前には白いワンピースの女が立っていた。

「あ、すいません！」

ツグオ少年は、慌てて白いワンピースの女に席を譲った。

「……お父さん？」

ツグオ少年は店内を見渡し、それから、キッチンに向かって呼びかけた。返事はない。

（夢だったのかな？）

亡くなった父に再会するという不思議な体験に、ツグオ少年は自分の記憶さえ疑っていた。だが、目を閉じると、龍太郎の表情、声、話したこともはっきり覚えている。夢だったとしても、幸せな時間だと思えた。

しばらくして、キッチンから数が現れた。手には白いワンピースの女のために淹れ直したコーヒーを持っている。

「あ……」

ツグオ少年は、数の後ろで束ねた髪の長さが違うことに気づいた。さっきまで肩ぐらいの長さだったのが、今は背中まである。

(よかった。夢じゃなかった)

ツグオ少年は、椅子にかけていたコートに手を伸ばした。

カランコロン

カウベルが鳴って、ミキを連れた流が戻ってきた。流はツグオ少年の顔を見て、

「会えたかい?」

と聞いた。

「はい」

「そう。よかった」

「ありがとうございました」

流は、ツグオ少年と龍太郎の再会を喜んだが、龍太郎の来店を覚えていなかったことだけが疑問のようだった。

「でも、なんで覚えてなかったんだろ？」

「あ、それはですね……」

ツグオ少年は、龍太郎が来店したのは去年で、その後に流からカルボナーラの作り方を教えてもらっていたことを説明した。

「ああ、龍太郎さんか！　ああ、そういえば！　来てたね！　来てた！」

流はすべて納得できたと満足げな顔をしてうなずいた。

カランコロン

ツグオ少年は、来た時と同様、礼儀正しく流と数に頭を下げて喫茶店をあとにした。

その日の夜。

数のスマートフォンに一通のメールが届いた。それはフランスに到着したという刻からのメッセージだった。

刻のメールには、到着したという一言と、フランスでもっとも感嘆すべき廃墟として知られるジュミエージュ大修道院の写真が添付されていた。だが、その写真は仕事で撮っているような無人のものではなく、刻も写っている自撮り写真であった。

刻はこれまでも行く先々で、数に自撮り写真を送りつづけてきた。

だが、今回のメールには次の一文が添えられていた。

「いつか、僕と結婚してください。刻」

数はこれまで刻のどんなメールにも返信したことはなかった。返す必要もないと考えていたからだ。

だが、この日、数は初めて刻にメールを返した。

「考えておきます。時田数」

二人の時間も刻々と進んでいる。

『愛しさに気づかぬうちに』完

＊この物語はフィクションです。実在する人物、店、団体等とは一切関係がありません。

[プロフィール]

川口俊和（かわぐち・としかず）

大阪府茨木市出身。1971年生まれ。小説家・脚本家・演出家。舞台『コーヒーが冷めないうちに』第10回杉並演劇祭大賞受賞。同作小説は、本屋大賞2017にノミネートされ、2018年に映画化。趣味は筋トレ、釣り、サウナ。モットーは「自分らしく生きる」。

X

川口俊和のつぶやき

普通のことを普通につぶやいています。リプには必ず目を通しています。時間のある時はコメントも返します。夢とか目標とか挑戦したいことのつぶやき多め。フォローして応援してもらえると嬉しいです。

Ameblo

「夢はハリウッド@コーヒーが冷めないうちに」

2024年8月現在で世界43言語に翻訳されている『コーヒーが冷めないうちに』の情報とともに、ハリウッドで映画化されるまでの軌跡を残しています。

愛しさに気づかぬうちに

2024年 9 月30日　初版発行
2024年10月30日　第2刷発行

著　　者　川口俊和
発 行 人　黒川精一
発 行 所　株式会社サンマーク出版
〒169-0074 東京都新宿区北新宿2-21-1
☎03-5348-7800（代表）
印刷・製本　株式会社暁印刷

ISBN978-4-7631-4104-0 C0093
ホームページ　https://www.sunmark.co.jp